「そうそう、お泊まり会の前に
リーゼロッテの考えを訊いておこうかしら。
ハルト様のことをどう思っているのか」
「え、えええ？　私ですか？」
「そうね。リーゼロ
ハルト君のことを
お姉さん興味が
かは、

精霊幻想記
【せいれいげんそうき】

（私は個人としても、貴族としても、
リオの傍にいたいの）
（セリア…………）
リオは思わず足を止めて、セリアの顔をじっと見る。

精霊幻想記

16. 騎士の休日

北山結莉

HJ文庫
873

口絵・本文イラスト　Ｒｉｖ

CONTENTS

登場人物紹介

リオ（ハルト＝アマカワ）

母を殺した仇への復讐の為に生きる本作主人公
ベルトラム王国で指名手配を受けているため、偽名のハルトで活動中
前世は日本人の大学生・天川春人《あまかわはると》

アイシア

リオを春人と呼ぶ契約精霊
希少な人型精霊だが、本人の記憶は曖昧

セリア＝クレール

ベルトラム王国の貴族令嬢
リオの学院時代の恩師で天才魔道士

ラティーファ

精霊の里に住む狐獣人の少女
前世は女子小学生・遠藤涼音《えんどうすずね》

サラ

精霊の里に住む銀狼獣人の少女
リオのもとで外の世界の見聞を広める

アルマ

精霊の里に住むエルダードワーフの少女
リオのもとで外の世界の見聞を広める

オーフィア

精霊の里に住むハイエルフの少女
リオのもとで外の世界の見聞を広める

綾瀬美春

あやせみはる

異世界転移者の女子高生
春人の幼馴染でもあり、初恋の少女

千堂亜紀

せんどうあき

異世界転移者の女子中学生
異父兄妹である春人を恨んでいる

千堂雅人

せんどうまさと

異世界転移者の男子小学生
美春や亜紀と共にリオに保護される

フローラ＝ベルトラム

ベルトラム王国の第二王女
姉のクリスティーナとようやく再会した

クリスティーナ＝ベルトラム

ベルトラム王国の第一王女
フローラと共にリオに保護される

ロアナ＝フォンティーヌ

ベルトラム王国の貴族令嬢
弘明付きとして行動を共にする

坂田弘明
さかたひろあき

異世界転移者で勇者の一人
ユグノー公爵を後ろ盾に行動する

重倉瑠衣
しげくらるい

異世界転移者で男子高校生
ベルトラム王国の勇者として行動する

菊地蓮司
きくちれんじ

異世界転移者で勇者の一人
国に所属せず冒険者をしていたが……

リーゼロッテ＝クレティア

ガルアーク王国の公爵令嬢でリッカ商会の会頭
前世は女子高生の源立《みなもとりっ》夏《か》

千堂貴久
せんどうたかひさ

異世界転移者で亜紀や雅人の兄
セントステラ王国の勇者として行動する

皇 沙月
すめらぎさつき

異世界転移者で美春たちの友人
ガルアーク王国の勇者として行動する

シャルロット＝ガルアーク

ガルアーク王国の第二王女
ハルトに積極的に好意を示している

レイス

暗躍を繰り返す正体不明の人物
計画を狂わすリオを警戒している

ルシウス

傭兵団『天上の獅子』の団長
リオとの戦闘で敗北し、死亡

【プロローグ】 ❈ 再会

場所はガルアーク王国城。つい先ほどまでリーゼロッテのお見合いに出席していた者達《たち》が控《ひか》えていた王族専用の応接室で。

クリスティーナとフローラを連れて城に姿を現したリオ。名誉騎士《めいよきし》の立場を利用してこれといった手続も要さず、国王フランソワがいるこの部屋まで実にスムーズに案内されることになった。

室内にはリオにクリスティーナやフローラはもちろん、ガルアーク王国の勇者である沙《さ》月《つき》に、第二王女のシャルロット、さらにはつい先ほどまでリーゼロッテのお見合いに顔を見せていた面々の姿がある（リーゼロッテ本人に、フランソワ、リーゼロッテの両親であるクレティア公爵《こうしやく》夫妻、そしてレストラシオンを代表してやってきたユグノー公爵にロアナ、さらには弘明《ひろあき》）。

ちなみに、城内でリオに連れられたクリスティーナとフローラを発見した直後、真っ先に駆《か》けだしたロアナとユグノー公爵に対してすぐには動かなかった弘明だが、遅《おく》れる形で一行に合流してこの部屋へと足を運んでいた。

一同、顔を揃《そろ》えて着席すると——、

「そなたはつくづく予想を上回る男だな、ハルトよ」

ガルアーク国王フランソワが半ば呆《あき》れのこもった眼差《まなざ》しをリオに向けて言う。他にもこの場にいる多くの者が、似たような表情でリオを見つめていて——、

「……お騒《さわ》がせしてしまい、申し訳ございません」

リオは少しバツが悪そうな顔で応じた。

「褒《ほ》めているのだ。予想の斜《なな》め上《うえ》を行き過ぎて今は驚《おどろ》きの念の方が強いがな」

と、フランソワは愉快《ゆかい》そうに口角をつり上げて言う。すると——、

「以前、私が申し上げた通りでしょう？　ハルト様なら遅《おそ》かれ早《はや》かれさらなる武功を立てられるはずだと」

ガルアーク王国の第二王女であるシャルロットが当然だと言わんばかりに、満面に喜色をたたえて語った。

フランソワはフッと頬《ほお》を緩《ゆる》めて、それに応じる。そして——、

「そなたがミハル殿《どの》を飛行する魔道船《まどうせん》から連《つ》れ戻《もど》したと聞いた時も驚かされたが、今回はそれ以上だ。ともあれ、クリスティーナ王女とフローラ王女が生きていたというのであれ

ば、レストラシオンにとってはもちろん、我《わ》が国《くに》にとってもこの上ない吉報《きっぽう》である。ゆえに驚く前に褒めておくべきであったな。すまぬ、実に大儀《たいぎ》であった」

フランソワはリオの右隣《みぎどなり》に並んで座《すわ》るクリスティーナとフローラに視線を向け、続けて応接椅子《いす》の一角を占《し》めるレストラシオンの代表格――、ユグノー公爵に、ロアナ、そして弘明を見やりながら、リオを労《ねぎら》った。

「ハルト君にはレストラシオンからも心からの感謝を」

ユグノー公爵が深くこうべを垂れながら、短い言葉で力強く謝意を表明する。本当に安《あん》堵《ど》しているのか、ふうっと息をついて胸を撫《な》で下《お》ろしていた。

「ご無事で何よりです、本当に、本当に……」

ロアナも涙《なみだ》ぐみながらクリスティーナとフローラを見つめている。その隣《となり》には弘明が座っていて――、

「……良かったな、生きていて」

どこかムスッとした声色《こわいろ》ではあるが、二人の生存を喜ぶ言葉を紡《つむ》いだ。大本命のリーゼロッテに振《ふ》られた後だからか、だいぶ心境が複雑らしい。同席しているリーゼロッテのことは意図的に視界に入れないようにしているのが窺《うかが》える。

ただ、一度は退室しながらもリーゼロッテがいるこの部屋へ戻ってきたのは、何が起き

たのかは気になったのか、あるいはクリスティーナとフローラのことを心配している気持ちもあるからなのかもしれない。

「ありがとうございます、心配してくださって。ハルト様のおかげでご覧の通り、無事に戻ってくることができました」

フローラは安らかな面持《おもも》ちで、弘明を含《ふく》むレストラシオンの面々に応じた。ハルトの名が出ると、弘明は複雑そうにふんと鼻を鳴らす。

「いったい何が起きたのか、順を追って話を聞かせてほしい。そもそもクリスティーナ王女とフローラ王女はなぜ失踪《しっそう》したのか、どうしてハルトと行動を共にしていたのか」

フランソワがリオ達を見て問いかける。

「そう仰《おっしゃ》るということは、やはりルビア王国からの知らせは届いていなかったのですね」

と、クリスティーナはリオと視線を交えながら言って、深く溜息《ためいき》をつく。

「……何？」

訝《いぶか》しげな顔になるフランソワ。

「私とフローラに何が起きたのか、順を追ってお話しします。長くなりますので、まずは通してお聞きください。質問があれば後から」

クリスティーナはそう前置きすると、自分達に何が起きたのかを語り始めた。

【第一章】❋ 報告

語るべきことが実に多岐《たき》にわたったため、クリスティーナの説明は一通りの出来事について流して語るだけでも十分以上の時間を要することになった。

「私からは以上です」

一連の出来事を掻《か》い摘《つ》まんで説明し終えると、クリスティーナはそう言って話を締《し》めくくった。すると――、

「うーむ、クリスティーナ王女とフローラ王女がこうして無事に生還《せいかん》したことは実に喜ばしいが、なんとも穏《おだ》やかではないな。一連の出来事すべてにプロキシアが絡《から》んでいるのは間違《まちが》いなさそうである……。が、客観的な証拠《しょうこ》には欠けるな」

ガルアーク国王フランソワが強く顔をしかめて嘆息《たんそく》する。

「はい。私とフローラが乗っていた魔道船でも、転移先にあったパラディア王国の村でもルビア王国の砦《とりで》でも、直接に姿を現したのはプロキシア帝国《ていこく》と繋《つな》がりがあると思われる傭《よう》兵《へい》のみです」

自国の関与《かんよ》を認めたくない汚《よご》れ仕事に、いつでも切り捨てられる傭兵を使う。当然と言えば当然であるが、被害《ひがい》を受ける側としては実に腹立たしかろう。

「……そのことについて実は一つご報告が」

ユグノー公爵が手を上げる。

「何かしら？」

「お二人が誘拐《ゆうかい》された後、ロダニアに魔道船がたどり着いて騒ぎになったのですが、その際にルシウスと繋がりがあり、プロキシア帝国の大使とも思われるレイスと似た男が領館に忍《しの》び込んでいたかもしれないと、セリア君から報告がありました」

「……セリア先生が？　先生は無事なの？」

クリスティーナが瞠目《どうもく》してから、ちらりとリオを見て安否を確認《かくにん》した。リオは驚き心配しているのか、わずかに険しい顔になっている。が――、

「ええ。目撃《もくげき》後、すぐに姿を消してしまったそうなので」

「そう」

ホッと安堵の息をつくクリスティーナ、フローラ、そしてリオ。

「見間違《みまちが》いだった可能性もある、とのことでしたが、本人だったとすれば領館に忍び込む何かしらの目的があったのかもしれません。それ以上のことはわからないのですが、ご報

告までに」

ユグノー公爵はそう語り、報告を打ち切った。

（……何があったのか、ロダニアに帰ったら話を聞かないと。もしかしたらアイシアが守ってくれたのかもしれない）

と、リオは想像し、いち早く帰還《きかん》することを誓《ちか》う。すると――、

「いずれにせよ、現状ではプロキシアを明確に非難する材料は少ないな。探《さぐ》りを入れるとすればルビア王国に対してであろう。レストラシオンのみならず、我が国との同盟も破棄《はき》するに等しい行為《こうい》だ。今後、どう動いてくるのかにはいささか興味がある」

静かな怒《いか》りを抱《いだ》いているのか、フランソワが冷笑《れいしょう》を覗《のぞ》かせて語る。今回のルビア王国の一件はレストラシオンに対してだけでなく、ガルアーク王国に対しても叛意《はんい》を向ける行いだ。その面子《めんつ》に泥《どろ》を塗《ぬ》ったどころの話ではない。

「ルビア王国に対してまずはレストラシオンから正式に抗議《こうぎ》を行うつもりです」

「我が国からも自国の名誉騎士と同盟先の王女二人の命を狙《ねら》った件について、正式に抗議するとしよう」

などと、クリスティーナとフランソワが確認し合うと――、

「遺《い》憾《かん》の意を表明ってか。無《む》駄《だ》なんじゃねえの？」

弘明《ひろあき》がなかなかに皮肉交じりな言葉を挟《はさ》む。

「……でしょうね。既《すで》に同盟は破棄されたも同然ですので、こちらからの抗議など無視される可能性は高いです」

クリスティーナは涼《すず》しい顔で、さらりと返す。

「……それをわかっていて遺憾の意しか表明しないのは無能だろ」

弘明は少しムッとした口調で、そう訴《うった》えた。

「確かに、場合によっては即《そく》、開戦となるところである。しかし、いかんせんルビア王国は遠方の小国だ。軍を動かして攻《せ》め込むには他国の領土を横断する必要があるし、そこまでしてルビアのような小国を占領《せんりょう》する旨《うま》みはおよそない。報復の手段としての侵略《しんりゃく》は極《きわ》めて効率が悪いのだ、勇者殿よ」

フランソワは国王の度量を覗かせて弘明を諭《さと》す。

「今のレストラシオンには遠い地にある国まで遠征《えんせい》して侵略戦《しんりゃくせん》をしかける体力的な余裕《よゆう》もありません」

と、クリスティーナも付け加えた。

「……だが、遺憾の意だけ表明して指をくわえているようなら相手に舐《な》められる一方だろう?」

弘明は不服そうに食い下がる。

「無論、何かしらの手痛い報復は行うつもりである。周辺の同盟国にルビア王国の行いを広く伝播《でんぱ》するのはもちろんとして……。ふむ、いっそルビア王国城までハルトに行ってもらって暴れてもらうか？　二人の王女を取り逃《とに》がす最大の原因となった男が単身で報復に現れるとなれば、あちら側もさぞ肝《きも》を冷やしそうだ」

フランソワは途中《とちゆう》まで語って口許《くちもと》に手を当て思案すると、視界に入ったリオを見て何を思ったのか、くつくつと笑いながらそんなことを言う。

「……ご冗談《じようだん》を」

反応に困って固まるリオ。すると――、

「ちょっと、ハルト君に妙《みよう》な真似《まね》はさせないでくださいよ、陛下」

沙月《さつき》がすかさずフランソワに釘《くぎ》を刺《さ》す。

「無論、冗談だ。国王である余にも名誉騎士であるハルトを動かす権限はないからな」

「権限があっても駄目《だめ》ですからね、そんな危ない真似は」

フランソワが肩《かた》をすくめてフッと笑うと、沙月はしっかりと念を押《お》した。

「はっ。プロキシア帝国の方はどうか知らんが、そいつに暴れられて危ないのはむしろそのルビア王国の方だろ」

弘明が嘲《あざけ》るように笑って水を差す。

「それは……、あながち否定しようもないかもしれませんけど、ハルト君も危ないって言っているんですよ。そんなことをしたら相手国の恨《うら》みも買うじゃないですか」

沙月はムッと唇《くちびる》を尖《とが》らせて言う。

「レストラシオンとしても恩人であるアマカワ卿《きょう》にそのような危《あや》うい真似をしていただくわけには参りません」

クリスティーナも沙月の側に立つ。と——、

「ふん……」

弘明は面白《おもしろ》くなさそうに鼻を鳴らす。

「私個人としてはハルト様のさらなるご活躍《かつやく》を目にしたい気持ちもございますが、ハルト様の名が恐《おそ》れられすぎるのは考え物ですね」

シャルロットはリオに視線を向けながら、上機嫌《じょうきげん》な声音《こわね》で話に加わった。

「恐れながら、皆様《みなさま》、私の実力を買《か》い被《かぶ》りすぎていらっしゃるような……」

リオはバツが悪そうな顔で恐る恐る発言する。

(……俺《おれ》は一体どんなふうに思われているんだ?)

と、そう思ったからだ。一連の会話を踏《ふ》まえると、少なくとも小国とはいえ王城に一人

で殴《なぐ》り込みをかけるだけで、相手国に手痛い損害を与《あた》えうる存在と思われているようには感じられた。

するとリオは一同から目を瞬《まばた》かれた上で見つめられることになる。誰《だれ》もが「何を言っているんだ、こいつは」と言わんばかりの目をしていた。

「ねえ、リーゼロッテ」

シャルロットは不意にリーゼロッテの名を呼んだ。

「はい」

リーゼロッテは淀《よど》みなく、即座《そくざ》に返事をする。

「ハルト様が初めて公《おおやけ》の場に姿を現したのが、アマンドが魔物《まもの》に襲《おそ》われる少し前のことだったかしら？」

「……私が初めてお会いした時のことを指すのであれば、仰《おお》せの通りです」

リーゼロッテはこくりと首を縦に振って、そう語る。

「そこからのハルト様のご活躍は筆舌《ひつぜつ》に尽《つ》くしがたいほどの偉業《いぎょう》だわ。強力な魔物であるミノタウロスと真っ向から斬《き》り合《あ》って討伐《とうばつ》を行った、魔剣《まけん》の力を使って亜竜《ありゅう》のブレスをはじき返した。少し前にはベルトラム王国最強の騎士《きし》を真っ向から打ち破り、追撃《ついげき》部隊五千人を畏怖《いふ》させて押し返《かえ》したとも聞いたわ。さらには、今回は百戦錬磨《ひゃくせんれんま》の傭兵として名の知られたルシウスなる男を退けた。こういったご活躍の数々を踏まえた上で、我々が貴方《あなた》を買い被っていると仰いますか、ハルト様？」

と、シャルロットはリオの主立った武功を列挙してたたみかけた上で、艶《あで》やかに笑って功績を上げた当の本人に問いかけた。

「……光栄ではありますが、王城を一人で襲撃《しゅうげき》するとなりますと……、ルビア王国にも名の知れた武人がいらっしゃると思いますし」

リオは歯切れの悪い口調で応じた。セリアを結婚式《けっこんしき》から奪還《だっかん》した時のように覚悟《かくご》を持ってやると決めるのであればいかなる強者が待ち受けていようと躊躇《ためら》わずにやるのかもしれない。だが、だからといってそれを平時に公言できるかどうかは別だ。相手の戦力も把握《はあく》しないで無根拠《むこんきょ》にできると断言するほど、リオという男は自信家ではない。

「ルビア王国で名を轟《とどろ》かせている武人といえば、やはり姫騎士《ひめきし》と名高いシルヴィ王女でしょうか。とはいえ、クリスティーナ様のお話を伺《うかが》った限りではハルト様がシルヴィ王女に劣《おと》るとは私には到底《とうてい》思えません」

シャルロットはシルヴィの名を出した上で、リオを持ち上げる。

「ですが、五人目の勇者様と思《おぼ》しき方もルビア王国の砦にいましたし……」

と、リオはルビア王国の砦で交戦した勇者と思しき少年、菊地《きくち》蓮司《れんじ》の存在を上げた。正直なところ、勇者の強さはリオも測りかねている。

「でも、ルビア王国の砦にいたその勇者かもしれない人もハルト君が倒《たお》したんでしょ？」

沙月が首を傾《かし》げて尋《たず》ねた。

「倒したといいますか、深く関《かか》わりたくはなかったので決着が付く前に撤退《てったい》してしまいましたが……」

「……本当に勇者だったのか、そいつ？」

リオが沙月の問いに答えると、弘明が胡散臭《うさんくさ》そうに疑問を挟む。

「おそらくは。神装らしき武器、氷を操《あやつ》るハルバードを所持していたので」

「……ちっ、勇者が実戦であっさりやられやがって、情けねえ」

「勇者が負けるのが嫌《いや》でなんか不服そうですけど、そういう貴方ならハルト君に勝てるんですか？」

沙月が弘明に尋ねる。

「ああん？　……ちっ」

顔をしかめる弘明。反駁《はんばく》しようと口を開いたが、かつてリオに対戦を申し込んで敗北したことを思い出したのか、舌打ちして言葉を呑《の》み込んでしまった。

「現場にいらしたクリスティーナ様とフローラ様からご覧になって、五人目の勇者様と戦うハルト様のご活躍のほどはいかがだったのでしょうか？」

シャルロットは好奇心《こうきしん》を色濃《いろこ》く覗かせながら、クリスティーナとフローラに話を振る。

「……アマカワ卿の仇《かたき》だった男の部下である手練《てだ》れの傭兵達《ようへいたち》も同時に相手取っていましたが、アマカワ卿が終始相手方を圧倒《あっとう》していたようにお見受けしました」

まずはクリスティーナがきまりの悪そうなリオの表情を窺いながら答えた。

「はい、とても素敵《すてき》でした」

フローラは力強く頷《うなず》き、目を輝《かがや》かせて答える。

「……さぞ素敵だったのでしょうね。私もその場にいて見ていたかったわ。もう、お二人が羨《うらや》ましい」

シャルロットは頬を膨《ふく》らませてから、実に嘆《なげ》かわしそうに溜息をつく。

「いやいや、そこにいたらシャルちゃんも誘拐されていたことになるんだからね？」

それは駄目でしょうと、沙月が冷静に突っ込む。

「けっ。本当にお羨ましいもんだな。毎度毎度《まいどまいど》、勇者以上に勇者しやがって……」

弘明はひがんでいるのか、恨めしそうに呟《つぶや》いている。その声を聴《き》き取ったのか、すぐ隣に座るロアナの表情は硬《かた》い。すると――、

「いささか話が脱線《だっせん》しすぎているが、正直なところ、余としても多大な資金を投じて軍を

編成して攻め込ませるよりは、ハルト一人に動いてもらう方がよほど大きな成果を上げられるとは思っている。まあ、先に言った通り、それを実行させるつもりはないがな」

フランソワが苦笑《くしょう》交じりに本音を告げつつ、話を元の方向に寄せる。

「まったくだ。そいつの活躍なんざ今はどうでもいい。そもそもは舐めた真似をしでかしたルビア王国とやらに遺憾の意を表明する以外に何をするのかって話だろ？」

弘明はこれ以上、リオの活躍を聞いていたくはなかったのか、すかさずフランソワの舵《かじ》取《と》りに従った。

「実際のところ、本当に五人目の勇者殿がルビア王国に所属しているとなると、いささか面倒《めんどう》ではある。とりあえずは諸外国にルビア王国の悪行を喧伝《けんでん》しつつ、五人目の勇者殿の存在を含めルビア王国の申し開きを聞き、その上で現実的に実行性のある制裁を行うのが正道であろうな」

と、フランソワはさしあたっての対ルビア王国の方針を述べる。

「私も同意見です。ルビア王国のことは断固として許すことはできませんが、仮に勇者様を要する国と事を構えるのであれば、相応の手順は必要になると思います」

クリスティーナは粛々《しゅくしゅく》と語って同意する。

「であるな。……それにしても、仇であるルシウスを追っていたとはいえ、よくぞハルトはクリスティーナ王女とフローラ王女の窮地《きゅうち》に駆けつけたものだな」

と、リオを見て感心したように語るフランソワ。先ほどはクリスティーナの視点から一連の出来事が語られたため、リオがどういう経緯《けいい》で二人のもとへたどり着いたのかについては情報がだいぶ欠落していた。ゆえに、その辺りの経緯が気になったのだろう。

「……旅をしている間にとある筋からルシウスがパラディア王国で行動しているという情報を掴《つか》みまして、パラディアの王都へ向かったんです。そんな折に、王都では第一王子のデュラン殿下《でんか》がちょっとした催《もよお》しを開かれていまして……」

リオが簡潔に説明する。下手《へた》に触《ふ》れるとややこしくなってしまうため、プロキシア帝国城に忍び込んで皇帝《こうてい》ニドル＝プロキシアらしき人物と一戦交えた事実は伏《ふ》せておくことにした。

「ほう、催しとな」

「デュラン王子の一撃《いちげき》を受けきった者に褒美《ほうび》を与えるというものだったのですが、それに参加してルシウスの情報をお訊《き》きすることにしたんです。武人として知られた王子殿下ならば傭兵であるルシウスとの繋がりもあると思ったので」

「なるほど。それで見事にデュラン王子の一撃を受けきってみせたのですね」

リオの話を聞き、シャルロットが即座に得心して推察した。

「然様《さよう》です。ルシウスの所在を教えてくださいました。そこがお二人のいらした村だったんです」

「ふうむ。よくそれを教えたものだという疑問もあるが……、デュラン王子の言によれば王女二人の誘拐にパラディアが国として噛《か》んでいたわけではないということであったな」

この辺りの事実関係は先ほどクリスティーナの口から語られたことだ。フランソワはそのことに言及《げんきゅう》した上で、次のような疑問を口にした。

「実際のところ、どこまで信用できる？」

「……なかなか捉《とら》えどころのない人柄《ひとがら》をしているように見受けましたので、私もデュラン王子個人を信用しているわけではありません。ですが、パラディアが国として関与していたわけではないという彼《かれ》の供述には信憑性《しんぴょうせい》があると思っています」

「それは何故《なぜ》だ？」

「私とフローラの誘拐にパラディア王国が関与していたのなら、わざわざ転移魔術《テレポート》の転送先を人里と離《はな》れた森の奥深《おくふか》くにする必要はなかったと思うからです。パラディア王国城へ転送して、城の中で監禁《かんきん》させていたはずです」

「そう、であるな。その可能性が高い。ゆえに不可解でもあるのだが……」

「……何がでしょう？」

何か察したのか、クリスティーナがわずかに間を置いてから尋ねる。

「クリスティーナ姫《ひめ》とフローラ姫の誘拐にパラディアが国として関与していなかったにしても、その背後に傭兵団の雇《やと》い主《ぬし》であるプロキシア帝国が控えているのは間違いないはず……なのだが、プロキシア帝国の思惑《おもわく》が一向に見えてこぬ」

「…………」

その場にいる誰もが気づくことはなかったが、クリスティーナが一瞬《いっしゅん》、苦いものでも口に含んだような表情を覗かせる。と――、

「……いったい何が不可解なんだ、王様よ？　さっきからイマイチ話の流れが見えてこないんだが？」

どうでもいい話をするなら、サッサと終わらせてくれ。弘明はそう言わんばかりに、しかめっ面《つら》でフランソワに問いかけた。すると、フランソワは特に気にした様子もなく、次のように考察する。

「プロキシア帝国がルシウスに姫二人を誘拐させたのなら、わざわざパラディアの森になど飛ばさずに、帝国の城へ転送させるのではないかと思ったのだ。監禁するのならそれが最も確実である。一時的にでも身柄《みがら》を他の国へ移し、あまつさえその国の王族へ個人的にとはいえ協力を打診《だしん》するとなれば露見《ろけん》のリスクも高まる。にもかかわらずプロキシアがル

シウスにそうさせたのは、転移魔術《テレポート》の転送先を自由に設定できないからなのか、あるいはあえてパラディアの森へ送るべき目的や理由があったからなのか……」

と、フランソワはルシウスがプロキシア帝国の指示を受けて動いていたという前提で物事を語った。だが、今回に関していえばルシウスがプロキシア帝国の思惑とは無関係にクリスティーナとフローラを拉致したからこそ発生した事件である。

もちろんその身柄が事後的にプロキシア帝国の手に渡《わた》っていた可能性は高いが、主な目的はリオとの戦いで人質《ひとじち》として利用することにあった。たまたまクリスティーナとフローラが狙われたというだけで、ルシウスからすればリオとそれなりに繋がりがある人物であれば誰でもよかったのだ。それがフランソワの感じる不可解さの正体である。

一方で、その可能性があることを知っているクリスティーナだが、かつてのリオに対する後ろめたい気持ちがそうさせるのか――、

「……プロキシア帝国が傭兵であるルシウス達の雇い主だとして、誘拐にあたって彼らを使ったのはいつでも切って捨てられるからだと考えられます」

クリスティーナはあえて話のピントをずらすようなことを言った。

「うむ。汚《きたな》い仕事に関して自国の関与を否定したいのは当然であろうからな。その点については同意だ。……が、その割にはルシウスが情報管理を徹底《てってい》していなかったように思え

ることが気になる。協力を打診したことにより、何を思ったのかデュラン王子がハルトにルシウスの所在を教えてしまっている。そしてハルトは王女二人のもとへとたどり着いてしまった。これではまるでそうなるように仕組まれていたような……。いや、そうなるように仕組んでいたのか？」

物事の核心《かくしん》へと近づいていくフランソワだが、まだ何か腑《ふ》に落ちないような表情を浮《う》かべてもいる。すると——、

「仰せの通り、ルシウスは私と戦うためにデュラン王子に自分の居場所を教えるよう仕向けたのかもしれません。プロキシア帝国の思惑が浮かんでこない理由もおそらく……、いえ、ほぼ間違いなくルシウスと私の間に存在していた因縁《いんねん》が絡んでいるからでしょう」

他《ほか》ならぬリオが不足していた情報の欠片《かけら》を提示した。この情報は話がややこしくなりかねないからと、クリスティーナから伏せられるなら伏せておきたいと事前に申し出があった。だが、こうなった以上は伏せておく方が話がややこしくなる。

一方で、クリスティーナはリオの言葉を受け止めて、歯がゆそうにキュッと唇を結んでいた。

「……余もそう思ったが、この話はそなたがパラディア王国へ来ることをルシウスが事前に知っていなければ成立せぬぞ？　デュラン王子の催しに参加したそなたをルシウスがた

またま目撃し、二人を利用しようとしたと考えることもできるが……」

と、釈然《しゃくぜん》としない面持ちで分析《ぶんせき》するフランソワ。すると――、

「あー、つまり、なんだ？　そのルシウスって野郎《やろう》はハルトへの人質として利用するために、クリスティーナとフローラを誘拐した可能性があるってことか？　となると……、おいおい。それはつまり、とんでもないことなんじゃないのか？」

つい先ほどまでつまらなそうに話を聞いていた弘明だったが、ここにきて妙に声を弾《はず》ませて言葉を挟んだ。面白くなってきたじゃないかと言わんばかりの顔をしている。

「とんでもない、とは何が？」

クリスティーナが溜息をついて尋ねた。

「ああ？　そりゃあ、つまりアレだろ。お前らが狙われたのはその野郎のせいってことだろ？　とんでもねえことじゃねえか」

弘明はリオを指さして言った。しかし――、

「それは違《ちが》います」

クリスティーナはきっぱりと否定する。

「ああ？　なんでだよ？」

「アマカワ卿との因縁がなくても、私達は攫《さら》われていたと考えられるからです。実際、フ

ローラはかつてアマンドでアマカワ卿との因縁は関係なしに誘拐されそうになり、そして私もクレイアからロダニアへ向かうまでの道中でプロキシア帝国の大使と思われるレイスとルシウスの部下であろう男達に身柄を狙われました」

「待てよ。なんでアマンドでフローラが攫われそうになったのが、そのルシウスとかいう野郎とハルトの因縁とは無関係だと言える？　その時もこの野郎のせいでフローラが狙われたかもしれないだろ？」

弘明は納得《なっとく》しないで疑問を口にし、クリスティーナに反駁した。

「アマカワ卿への人質として利用するにしても、その人質がフローラである必然性が思《おも》い浮かばないからです」

クリスティーナは勇者である弘明に臆《おく》さず疑問点を挙げる。

「あん？　それは……、確かそのルシウスはベルトラム王国に私怨《しえん》を抱いているとかいう話だったしな。なら、私怨でベルトラムの王族であるフローラを誘拐しようとして、これまた私怨でハルトの野郎との関係で人質にしようと思ったのかもしれないだろ」

口にしていてフローラとリオを結びつける理由にはなっていないと思っているのか、そう語る弘明の口調はだいぶ自信なげである。すると――、

「……恐れながら、当時の状況《じょうきょう》から考えてそれは絶対にないと考えます」

リーゼロッテが話に加わり、弘明の考えを否定した。

「…………なんでだよ？」

弘明はたっぷりと間を置き、不機嫌《ふきげん》そうなトーンで静かに訊く。彼女《かのじょ》がリオを庇《かば》うように口を挟んできたことが気にくわないし、言葉を交えることにも強い忌避《きひ》感を抱いたというたところか。

「ハルト様があの時のアマンドでルシウスという傭兵と再会されたのは偶然《ぐうぜん》だったはずです」

リーゼロッテは平時の落ち着いた声色で応じる。

（……俺のことは勇者様で、こいつのことは名前呼びかよ）

と、ハルトへの嫌疑《けんぎ》に関する話とは特に関係のないことを思う弘明。前から折に触れてリーゼロッテがハルトのことは名前で呼んでいて、だからこそどうして自分のことは勇者様呼びなんだと気にしていたわけだが、彼女に振られてしまった今となってはその差がとにかく気にくわなくて……。

「それはこいつが久々に再会したとか嘘《うそ》をついただけかもしれないだろ」

弘明はリオを疑うのを止めない。なんとも感情的というか、傍《はた》から見ても結論ありきで喋《しゃべ》っているようにしか見えなかった。

「現場にいらしたフローラ様も、ハルト様とルシウスが久々に対面したような会話を交えていたと証言なさっていますから、それは流石《さすが》に……」

ありえない。それでも疑うというのであれば、フローラまで嘘をついているということになる。と、そこまで言い切ることはしなかったが、リーゼロッテはフローラを見やりながら暗にそう語った。

「はい。ハルト様は確かにあの場で私を攫おうとした傭兵と久方ぶりに再会されていたようでした。その時は相手が一目でハルト様のことは思い出せなかったようなので、間違いはありません」

と、フローラはリーゼロッテの説明に応じて、すかさず証言する。

（んだよ。全員でこいつを庇《かば》うようなムーブをしやがって……。よく考えればフローラの奴《やつ》もこの野郎のことをハルト様とか呼んでいやがるしよ）

いや、フローラが様をつけてハルトの名を呼んでいたのは前々からなのだが、今は過去最高にそれが気に障《さわ》る。ゆえに二人の擁護《ようご》を覆《くつがえ》してやりたいところだが、それをなしうる反論材料は思い浮かばず――、

「ふーん。ま、なら、そうなんだろうな。お前らがそう言うんならな」

弘明はようやく引き下がった。

「余も今回の一件に関してハルトとの因縁のためだけに、ルシウスがクリスティーナ姫とフローラ姫をわざわざ誘拐したとは到底思えぬ。個人的な私怨とは別に、プロキシア帝国の思惑もあったからこそ二人は誘拐されたと見るのが自然であろうな」

しばしやりとりを静観していたフランソワが再び口を開き、意見を述べた。

（とはいえ、そう考えると転移先にパラディア王国が選ばれた理由は依然《いぜん》としてわからぬままにはなるのだが……）

これ以上、仮定で話をし続けるのも不毛だろう。フランソワはあえてそのことには言及しなかった。その代わりに――、

「アマンドで再会した一件以降、ルシウスはハルトに強い恨みを抱いていた。そうだったのではないか？」

フランソワはルシウスとの関係についてリオに尋ねた。

「邪魔《じゃま》が入ったことにより逃げられましたが、アマンドでは相当な痛手を負わせました。おそらくはそれが理由で」

「そうであるのなら色々と腑に落ちる。雇い主であるプロキシア帝国とは別に傭兵であるルシウス個人にも目的があった。それでクリスティーナ姫とフローラ姫が人質として利用された。そういうことなのだろう。二人がハルトと一定の関係を持っていることは承知し

ていたであろうしな」

「ええ。そして、アマカワ卿がいなければ私とフローラが今こうしてこの場にいることはなかったはずです。今頃《いまごろ》はプロキシア帝国城へ軟禁《なんきん》されていたかもしれません」

などと、まずはフランソワが得心するように話をまとめ、クリスティーナも流れに乗って発言する。

「であるな」

「アマカワ卿とルシウスとの間に因縁があったからこそ、私とフローラは窮地を救ってもらうことができた。アマカワ卿には感謝してもし尽くしきれません。ただでさえ、他にも返しきれないほどの恩義があるというのに……」

クリスティーナはそう語り、物憂《ものう》げな表情を覗かせた。

「毎度毎度、狙い澄《す》ましたように美味《おい》しい場面に現れているのが気になるんだよな。自作自演なんじゃねえかってくらいによ」

弘明はこの期《ご》に及《およ》んでまだリオを疑《うたぐ》るようなことを言って、ケチをつける。相当に空気を読まない発言だからか、隣に座るロアナが額に冷《ひ》や汗《あせ》を滲《にじ》ませた。すると――、

「ヒロアキ様」

クリスティーナが溜息交じりに、弘明の名を呼ぶ。

「な、なんだよ」

「アマカワ卿は私達《たち》を守るために、著《いちじる》しく不利な状況に追い込まれました。間近で見ていたからこそわかります。一歩間違えれば命を失うような綱渡《つなわた》りの状況でも、アマカワ卿は身を呈《てい》して私とフローラを助けてくださった」

「だから、なんなんだよ？」

「アマカワ卿に対する極めて失礼な言動は控《ひか》えてください。ヒロアキ様がいかに勇者であるとはいえ、到底看過できません」

クリスティーナは毅然《きぜん》と言い放ち、咎《とが》めるようにじっと弘明を見つめた。すると、自分の発言にこれといった根拠がなく、明らかにリオへの礼を失しているという自覚も流石にあるのだろう。

「……わーったよ。悪かったな。少し気分が悪いんだ。俺は退席させてもらうぜ」

何か言い返しそうな顔をした弘明だったが、後ろめたそうにクリスティーナから視線を逸《そ》らし、グッと思いを呑み込むように返事をして立ち上がった。

「ヒロアキ様にご一緒《いっしょ》なさい、ロアナ」

クリスティーナはすかさず弘明の隣にいるロアナに命じる。その間にも弘明は部屋の扉《とびら》へと歩きだしていたが——、

「は、はい」

ロアナは慌《あわ》てて立ち上がると、深く頭を下げて、弘明の後を追いかけた。

「本当、糞《くそ》だわ」

一人先を進む弘明のそんな呟きを耳にする者はいない。弘明は振《ふ》り返ることなく扉から部屋の外へ出て行ってしまった。

ロアナもそれに続き、ぱたんと扉が閉まる。と――、

「ヒロアキ様が大変失礼いたしました、アマカワ卿。各々《おのおの》も」

クリスティーナがだいぶ申し訳なさそうに、苦い面持ちで謝罪した。

「いえ、謝《あやま》っていただく理由は何も」

と、リオは困ったように笑《え》みをたたえて応じる。

「三人が現れる少し前に、ヒロアキ殿《どの》とリーゼロッテの縁談《えんだん》が流れてしまってな。それで不機嫌になっているのやもしれん」

フランソワは事情を掻い摘まんで推察し、軽く肩をすくめた。

「ヒロアキ様とレディ・リーゼロッテが……。おおよその事態は把握《はあく》しました。道理で、この場に皆様が集まっていたわけですね」

クリスティーナは頭痛を堪《こら》えるように、額を押さえて得心する。

「申し訳ございません」

リーゼロッテはややバツが悪そうに頭を下げた。

「貴方が謝ることではありません。というより、察するにヒロアキ様がだいぶ無理を仰《おつしや》ったのではないでしょうか？　ご迷惑《めいわく》をかけました」

クリスティーナの表情に宿る疲《つか》れの色が増す。

「いいえ、とんでもない」

リーゼロッテは恐縮《きようしゆく》してかぶりを振った。

「まあ、クリスティーナ王女とフローラ王女が戻《もど》ってきたのだ。それに伴《ともな》い差《さ》し迫《せま》っていた諸々《もろもろ》の問題も解決された。前向きに考えるとしようではないか」

と、フランソワは二人に語りかける。

「はい」

クリスティーナとリーゼロッテは声を揃《そろ》えてうなずき合う。

「ルビア王国の寝返《ねがえ》りと背後にいるプロキシア帝国のことを考えると頭が痛いが、まだ他に留意しておくべき話はあるか？」

「おおよその情報は共有できましたが……、もしもプロキシア帝国が転移魔術《テレポート》を自在に扱《あつか》う術を持っているのだとすれば、かなり厄介《やつかい》だということでしょうか」

クリスティーナが懸念事項《けねんじこう》を口にする。

「ふうむ、空間を操るとされる失われた古代魔術。存在すると聞いたことはあるが、余も実例を目にしたことはない。容易《たやす》く行使はできぬ代物《しろもの》だと思いたいが……」

「万が一の可能性もあります。転移先をどこまで自在に選べるのかはわかりませんが、城内にも転移できるのだとすれば危険です」

「であるな……。例えばサツキ殿をお披露目《ひろめ》した夜会で賊《ぞく》共が侵入《しんにゅう》してきた一件。ついぞ賊共の侵入ルートを割り出すことはできなかったが、あの襲撃にもプロキシア帝国《ていこく》が噛んでいて転移魔術《テレポート》を使って城内へ転移してきたのだとすれば説明は付く」

フランソワは夜会の時に起きた賊の襲撃事件にも転移魔術《テレポート》が使用されたのではないかと勘《かん》ぐった。

「そうであるとするならば、なんとも、恐ろしいですね」

積極的に会話には参加してこなかったリーゼロッテの父、セドリック＝クレティア公爵《こうしゃく》が心情を吐露《とろ》する。

「いやはや、まったく……」

ユグノー公爵もロダニアへ賊が転移して押し寄《よ》せてくる事態を想像したのか、かなりの共感を込めて同意した。一方で――、

（あの時、転移魔術《テレポート》を使った魔力《まりょく》の乱れは感じなかった。魔力感知の魔道具《まどうぐ》なら当然感知されるはずだし、魔力を可視化できない人達でも感覚の鋭《するど》い人なら転移魔術《テレポート》発動後の魔力の乱れには気づく可能性が高い。けど……）

リオは夜会の時のことを思い出し――、

（例えば魔力を遮断《しゃだん》する結界で覆《おお》って、転移魔術《テレポート》が引き起こす強いオドとマナの乱れを抑《おさ》えることは可能かもしれない）

一同が不安になる中、賊の襲撃に転移魔術《テレポート》が使用されたのか、転移魔術《テレポート》をよく知る者として分析を行う。

「要人の部屋などにも直接に転移できるとすれば、極めて厄介だな。その可能性があるかもしれないと思うだけで薄《うす》ら寒《さむ》くなる」

フランソワが渋《しぶ》い顔で唸《うな》った。他の者達も自分達の寝室《しんしつ》などに誰かが転移してくる事態を想像したのか、だいぶ表情が優《すぐ》れない。そこで――、

「おそらくですが、その心配はございません」

リオは彼らの心配を払拭《ふっしょく》するべく発言した。

「……ほう、なぜだ？」

「魔術で転移するには転移先の座標をあらかじめ設定しておく必要があって、行ったこと

がない場所には転移することができないのです。おそらく対象を転移させる魔道具と対になる魔道具が転移先に設置されると思うのですが、仮に要人の部屋に転移しようとするなら事前に要人の部屋に忍《しの》び込んで座標を設定しておく必要があります。その難易度を考えると、もっと設置が容易な場所を転移先として選ぶのではないでしょうか」

「……妙に詳《くわ》しいな？」

フランソワは目をみはり、不思議そうに尋ねる。

「以前、私の恩人であるクレール伯爵家《はくしゃくけ》のセリア様から伺いました。古い文献《ぶんけん》でそういった記述を読んだことがあると仰っていたので」

精霊《せいれい》の里の民《たみ》は転移魔術《テレポート》を扱えるし、リオも転移魔術《テレポート》が込められた魔道具を所持しているが、流石にこの場でそこまで教えることはできない。だから、セリアの名を出して誤魔《ごま》化《か》すことにしたのだ。

（ごめんなさい、セリア）

リオは名前を使わせてもらったことに対し、心の中でそっとセリアに謝罪した。

「ほう、噂《うわさ》に伝え聞くベルトラムの若き天才魔道士、セリア＝クレールか。ならば情報の確度は高そうではある」

殊《こと》、魔術の分野においてセリアの名が持つ説得力は抜群《ばつぐん》だったらしく、フランソワは感心したように唸る。

「夜会で賊が襲撃してきた一件にもプロキシア帝国が絡《から》んでいて、その時にも転移魔術《テレポート》が使用されたのだとしたら、夜会に出席された方々の中に座標を設定した協力者がいたのかもしれません。夜会に出席されている方なら座標を設定する魔道具を城内のどこかに設置するのもさほど難しくはないでしょうから。例えば……」

「ルビア王国、であるか」

フランソワがプロキシア帝国に協力した可能性が高い存在として、裏切ったばかりのルビア王国の名を真っ先に出した。

「はい」

リオはゆっくりと首を縦に振る。

「確かに、あの時からルビア王国が裏切っていたのだとすれば、色々と見えてくるものはあるな……」

ルビア王国への怒《いか》りもひとしお強まったのか、フランソワの声色《こわいろ》が冷たくなる。プロキシア帝国が転移魔術《テレポート》の込められた魔道具を所持しているのなら、ルシウスが転移魔術《テレポート》の込められた魔道具を使っていたこととも整合性がとれる。

「転移の座標を設定する魔道具が城内に設置されていないかご不安なようでしたら、不審《ふしん》な魔力反応が城内にないか一度入念に調べてもらうといいかもしれません。座標を設定するための魔道具である以上は、少なからず魔力を内包しているはずですから」

数は少ないが範囲探索魔法《エリアサーチ》を使える魔道士なら調査が可能であるし、こちらにも数は少ないが魔力反応を感知する魔道具が存在する。

「なるほどな。実に有益な話である。城内の一部の区画には不審な魔力を感知する魔道具が置かれているが、極《ごく》一部だ。良い機会であるし、ここでの話が終わった後、一度城内を大々的に探《さぐ》らせてみるとしよう。今後の警備の参考にもなりそうだ」

転移魔術《テレポート》で賊が侵入してくる懸念《けねん》を少なからず払拭できるからか、フランソワは上機嫌に微笑《ほほえ》む。

「ご参考までに、転移先に置かれる魔道具はまた形状が異なるのかもしれませんが、私とフローラをパラディアの森に転移させたのは結晶型《けっしょうがた》の魔道具でした」

クリスティーナも情報を提供する。

「あいわかった。ありがたく参考にさせてもらうとしよう」

フランソワは深々と頷いた。

一方——、

（アマンドも一度きちんと調べさせておく必要があるわね。先に誰かを帰させて調べさせ

ようかしら）

と、密《ひそ》かにそんなことを思うリーゼロッテ。この話が聞けただけでもこの場へ足を運んだ甲斐《かい》があったといってもいい。

というより、この場にいる貴族達が例外なく身の回りを一度きちんと調べさせてみようと決めた瞬間《しゅんかん》だった。

「あとはクリスティーナ王女達がそうされたように、その魔道具を用いて強制的に別の地へ転移させられる際の対策も考えておくべきか」

フランソワは次の議題へと話題を移す。

「おそらく一度に転移できるのは極少数の者だけでしょう。発動の呪文《じゅもん》を詠唱《えいしょう》して対象に放《ほう》り投《な》げるか、自分も一緒に転移する場合は効果範囲《はんい》に巻き込むほど接近する必要があります。詠唱から発動までにかかる時間も踏《ふ》まえると、相手が転移させようとしていると気づくことさえできれば対応は可能なはずです。難易度は高いかもしれませんが……」

クリスティーナは転移結晶《けっしょう》が使用された時の状況から、発動条件を的確に分析した。

「転移魔術《テレポート》が発動するよりも前に詠唱を完了《かんりょう》した相手から離れるか、相手の放り投げてきた結晶をはじき返すか。何も知らないよりはだいぶマシであろうな。警護の者達にもよく言い聞かせておくとしよう」

「はい。こういった事態が再び引き起こされぬように……。レストラシオンでも警護体制を見直すことにします」

「ふむ。さしあたり話しておくべきことはこのくらいか……。必要な情報の共有が以上であるのなら、そろそろハルトのことについても語るとしようか」

フランソワはそう言って、リオを見た。

「私のこと、ですか？」

リオは不意に話を振られて目を丸くし、ぎこちなく首を傾げる。

「そうだ。恩賞についての話をする必要がある」

「特に必要はないのですが……」

あれこれ貰《もら》っても面倒なので、リオは控《ひか》え目《め》に辞退しようと試みた。が——、

「ならぬ。冗談《じょうだん》は休み休み申せ」

フランソワはきっぱりと一蹴《いっしゅう》した。

「冗談ではないのですが……」

「そなたの場合、本当に欲も裏もなく、ただ面倒だからという理由でそう言っているから困る。その歳《とし》で隠居《いんきょ》でもしてのんびりと暮らすつもりか？」

と、フランソワは嘆き、ひどく悩《なや》ましそうに額を押《お》さえる。

「叶《かな》うのであれば、穏《おだ》やかに暮らすだけの生活をしたくはあります」

リオは苦笑交じりに本音を吐露《とろ》した。

「名誉《めいよ》騎士《きし》に叙任《じょにん》した際もそうだったが、功績には恩賞で報《むく》いなければ王家として示しがつかん。功績を残した者が正しく評価されない国の未来も明るくはない。評価は功績を残した者から順番に。そうしなければ優秀《ゆうしゅう》な人材から先に外へと逃《に》げていくからな」

「無論、それは承知しております……」

簡単な話だ。功績を残した者が適切に評価されると期待できる慣習がきちんとあるからこそ、その国に仕える者達はより大きな功績を残そうと必死に努力する。功績を残しても評価してくれない国のために身を粉《こ》にできる者はそうはいない。

評価主義は評価される者同士の対立も生むわけだが、そこは評価する側がどういった評価体制を築き上げるかで対応を練ることになる。

（かつて彼を適切に評価せず、あまつさえ冤罪《えんざい》を着せて追いやった我《わ》が国《くに》にとっては耳が痛い話ね……）

クリスティーナはほぞをかむ思いで、わずかに顔を歪《ゆが》めていた。

「であれば恩賞を受け取れ。失踪《しっそう》したクリスティーナ王女とフローラ王女を見事に連《つ》れ戻したのはガルアークにとっても非常に益の大きな話だ。恩賞を与《あた》えて然《しか》るべきほどの、十分という言葉でも足らぬほどに十分な理由となる。というより、クリスティーナ王女をクレイアからロダニアまで護送した一件でも恩賞を与えるべきかと思っていたのだ。夜会以降、そなたがなかなか城へ姿を現さなかったから、有耶無耶《うやむや》になってはいたがな」

フランソワは念入りにリオの功績を強調し、別の一件でも恩賞を与える理由が存在することを思いだしたのか、当の本人をジロリと見つめる。

「……恐《おそ》れ入《い》ります」

「そういうわけだ。この機会にまとめて恩賞を受け取らせるゆえ、覚悟《かくご》を決めよ」

「……御意《ぎょい》」

リオは項垂《うなだ》れるように頷いた。

「ふふ。恩賞を受け取ることが決まって気落ちするなんて、ハルト様ったら本当に面白《おもしろ》いお方。ですが、お父様も仰る通り、なかなか王城へ足を運んでくださらないんですもの。そこは頂けませんわ」

くすくすと笑って会話に加わる第二王女のシャルロットだが、後半は可愛《かわい》らしく頬《ほお》を膨らませ、拗《す》ねたような顔でリオに訴《うった》える。

「申し訳ございません。各地を渡り歩《ある》いていたものでして」

リオはたじろいで応じた。

「サツキ様やリーゼロッテと一緒に食事会はなさっていたのに？」

「それは……」

シャルロットから即座《そくざ》に痛いところを突《つ》かれ、リオは言葉に詰《つ》まる。と――、

「そういじめてやるな、シャルロットよ。今は恩賞として何をハルトに与えるかの話だ」

フランソワが取りなした。

「わかりました。ではこのお話はまた改めて、じっくりと」

すぐに引き下がるシャルロットだが、リオに対し意味ありげに艶《あで》やかな笑みを向ける。

「………」

リオは救いを求めるように沙月を見たが「観念しなさい」と言わんばかりに肩《かた》をすくめられてしまった。すると――、

「レストラシオンとしてもアマカワ卿《きょう》に恩賞を受け取っていただけると助かります」

クリスティーナがリオの様子を察したのか、申し訳なさそうに話を切り出す。

「レストラシオンからは既《すで》にロダニアで邸宅《ていたく》を頂戴《ちょうだい》しているので、これ以上は他に何か頂くのも気が引けるのですが……」

そういうわけにもいかないのだろう、やはり。

押しが控え目なクリスティーナの代わりに――、

「立場上、手柄《てがら》を挙げた者は幾度《いくど》となく見てきたが、そのいずれもがハルト君の業績と比べてしまうと手柄と呼べないようなものになってしまう。それだけの功績を残し、レストラシオンの窮地を救ってくれたのだ。そんなハルト君に褒美を渡さねば、レストラシオンの風聞《ふうぶん》が悪くなりかねん。こちらも観念して受け取ってほしい」

ユグノー公爵が愉快《ゆかい》そうに告げる。

「……承知しました」

リオは観念して首肯《しゅこう》した。

「そういえばそなた、ロダニアに屋敷《やしき》を所持しているのであったな」

「はい。先日、頂戴したばかりです」

「ふむ、ロダニアに屋敷があってガルアークに屋敷がないのも妙《みょう》であるな。では、王家の所有する王城内の屋敷でもくれてやるとしようか」

と、フランソワがそんなことを言うと――、

「…………」

クリスティーナにリーゼロッテ、クレティア公爵夫妻にユグノー公爵と、やり手な王侯《おうこう》貴族の面々達が揃いも揃って珍《めずら》しくギョッとする。ただ、シャルロットだけはほくそ笑むように口許《くちもと》を緩《ゆる》めていた。

「王城内の屋敷、ですか？　敷地内《しきちない》に暮らされている貴族の方はお見かけしたことがない気がするのですが……」

リオは他の者達を見て言う。

「当然だ。王城の敷地内は王家のものであるからな。客人が滞在《たいざい》することはあっても、王家に所属する者以外の居住を認めることはない。クレティア公爵……国内では最高峰《さいこうほう》の貴族位に就《つ》くセドリックですら、王城の敷地《しきち》の外に邸宅を構えている。ユグノー公爵もベルトラム王国の王都では王城の敷地外《しきちがい》に屋敷を構えていたであろうよ」

と、フランソワはセドリックやユグノー公爵を見て言う。

ちなみに、国から領地を貸《か》し与えられて領主を務める有力な貴族でも、いや、有力な貴族であるからこそ、王城で要職に就きたがる者は多い。ガルアーク王国やベルトラム王国のような中央集権的な国家においては中央、すなわち王城にいなければ国の重要な政《まつりごと》に参加できないからだ。

ゆえに、領地を持つ貴族達は領地の領都にある本邸《ほんてい》とは別に、王都の貴族街にも別邸《べってい》を構えるのが通例となっており、敷地の広さや屋敷の豪華《ごうか》さはもちろん、王城と邸宅の距離《きょり》が近いことが城で働く貴族達のステータスになっていたりする。

領都の運営は跡《あと》継《つ》ぎの誰《だれ》かに任せ、当主は王城で働くために王都の別邸で一年の大部分を過ごすことも珍しくはない。

「それだと、公爵ですらない私が王城の敷地内に屋敷を構えるわけにはいかないと思うのですが……」

　リオは恐る恐るフランソワの真意を探ろうとした。

「国内に存在するどの貴族にも認められていない唯一《ゆいいつ》の特権を与えると言っているに等しいからな。何の冗談だと、度肝《どぎも》を抜《ぬ》かれる貴族も多いだろうよ」

　フランソワはそう言って、ニヤリと相好を崩《くず》す。

「流石にそれは……、王城の敷地外にある屋敷では駄目《だめ》なのでしょうか？　王城の敷地内にこだわる理由はないように思うのですが……」

　国王自らが他の貴族達よりもリオのことを特別扱いすると公言するようなものだ。悪目立ちする予感しかしない。ゆえに、可能なら拒否《きょひ》したい。リオはそう言わんばかりに尋《たず》ねた。が――、

「なに、王城の敷地内であればサツキ殿も自由に行き来しやすかろうと思ってな。城の外に出るとなると面倒《めんどう》な手続もあるが、王城の敷地内であれば手続は不要だ。ミハル殿がまた城へ来た際などにも自由に宿泊《しゅくはく》できる。実によいことであろう？」

「た、確かに、それはすごく便利かも……」

沙月がぼそりと呟《つぶや》く。

それでフランソワはフッと口許を緩め――、

「貴族共の反発なら案ずるな。ハルトの功績を耳にすれば皆《みな》、黙《だま》るしかないだろうよ。クリスティーナ王女をロダニアまで護送した件と、此度《こたび》の件。この二つの功績に対する褒美《ほうび》と考えれば、まあ妥当性《だとうせい》のあるものであるしな。なあ、セドリック？」

「確かに、黙りはするでしょうが……。やっかむ者も現れると存じます。宮廷《きゅうてい》で働く貴族達は特に面白く思わないでしょう。そういう手合いは徒党を組んで陰口《かげぐち》を叩《たた》きます。今後のハルト君のことを思うのなら、宮廷での敵は多くない方がよろしいのでは？」

セドリックはリオのためを思っての正直な予想を告げた。

「多大な功績を上げた時点でハルトをやっかむ者は現れるであろうよ。とはいえ、やりよう次第《しだい》でいかようにもその数を減らすことはできる。要は王城での権力闘争《とうそう》と一緒だ。誰をどうやって味方につけるか」

「……ごもっともです」

「余とセドリック、そしてサツキ殿が一枚岩でハルトに付けば、大抵《たいてい》の連中は畏怖《いふ》して何も言えなくなるであろう。となれば、後はもう一押《ひとお》しである。余が働きかけると明確な上からの圧になってしまうゆえ……、わかるな？」

自派閥の貴族達にきちんと根回しして、上手《うま》く言《い》い含《ふく》めておけよ――と、フランソワはセドリックに暗に訴えかける。要するに、今後、宮廷内でハルトの味方になる者を増やしておけということだ。責任重大である。

「だと思いました……」

思わず項垂れそうになるセドリック。とはいえ――、

「任せたぞ？」

「御意。ハルト君にはアマンドで娘《むすめ》を救っていただいた恩がありますので、すぐにでも取りかかりましょう」

セドリックはすぐに覚悟を決め、恭《うやうや》しく頷《うなず》いた。

「というわけだ、ハルトよ」

「どういうわけかあまりわかりたくはなかったのですが……」

縦社会の縮図を見せつけられ、リオがわずかに引きつった顔で応じる。

「そなたには王城内の屋敷を与える。今しがた正式に決定した」

「……はい、ありがたき幸せ」

フランソワにほくそ笑まれて通達され、リオは軽く項垂れるように頷いた。

「空いている屋敷も常に手は入れさせてあるゆえ、明《あ》け渡《わた》しはすぐにでも可能だ。屋敷に

常駐《じょうちゅう》する使用人もゆくゆくは必要になるのであろうが……、妙な輩《やから》が紛《まぎ》れ込まぬよう、人材を選定する必要があるな。信用できる人材を自分で見繕《みつくろ》いたいのならそれもよいが」

どうする？　と、フランソワはリオに語りかける。

「さしあたって使用人の方を雇《やと》って常駐してもらう必要性はないでしょうか。身の回りのことは自分でできるのと、使用人の方がいる生活には慣れていないものでして」

「そうか……。では、人手が欲《ほ》しいようならいつでも申せ。一時的に信用の置ける人材をこちらで貸し与えることもできる」

「ご高配、痛み入ります」

「では、我が国からのハルトへの褒美は以上としよう。レストラシオンはどうする？」

フランソワがクリスティーナを見て尋ねる。

「レストラシオンからアマカワ卿に何を贈《おく》るかは、しばし検討させてください。アマカワ卿の功績に見合うだけの何を提供できるのか、時間をかけて考えたいので」

「あいわかった。それで良いか、ハルトよ？」

「無論です」

リオはこくりと頷く。と――、

「では、いったん解散とさせてもらうとしようか。セドリックと色々と話を詰めておく必要も出てきたのでな。まだ話を続けたいのなら、好きにするといい」

フランソワが離席《りせき》の意思を表明した。

「では、ハルト様は引き続き私とサツキ様のお相手をしてくださいね」

シャルロットは即座にリオを誘《さそ》う。

「ええ、喜んで」

リオは二つ返事で頷いた。

「そういえば、今後の予定はどうするつもりなのだ、ハルトよ?」

フランソワは立ち去る前に、ふと思い出したようにリオに尋ねる。

「ロダニアにいるセリア様にも顔を見せたいので、クリスティーナ様達と一緒に一度ロダニアへ戻ろうかと思っております。美春《みはる》さんや他の同居人達のところにも戻らないといけないので……」

屋敷を下賜《かし》されるとなると、その後の方がいいのだろうか。とはいえ、なるべく早く帰りたい気持ちも強いリオ。

「私とフローラが無事な姿を早くに見せる必要がありますので、我々は明日にでもロダニアへ発《た》とうと思っていましたが……」

と、クリスティーナは帰還《きかん》予定を告げる。

「ええ？　せっかくまたお会いできたのに、もう行ってしまわれるのですか？」

シャルロットはむうっと唇《くちびる》を尖《とが》らせて不服の意思を表した。が――、

「……そうだわ。ならば、皆様《みなさま》を連れてお城へいらしてくださいな。せっかく、新しい屋敷も手に入るのですから」

ぽんと愛らしく手を合わせ、思いついた妙案《みょうあん》を提示する。

「……全員を連れてくるとなると、貴族社会に慣れていない者達ばかりですので」

突然《とつぜん》の提案に面食らったリオが、逡巡《しゅんじゅん》して唸った。ロダニアに暮らしているセリアとアイシア、近郊《きんこう》に暮らしている美春、ラティーファ、サラ、オーフィア、アルマ。ガルアーク王国城まで呼ぶとして確実に来てくれそうなのはセリアと美春くらいだろうか。

（岩の家のみんな……、特にラティーファとはシュトラール地方に来てからはあまり一緒にいる時間を確保できなかったから、しばらくは一緒にいたいし）

となると、ここにきてまたみんなでバラバラになってしまうのはあまり好ましくないように思えた。

「ですが、サツキ様もミハル様とお会いになりたいでしょうし、ミハル様もサツキ様とお会いになりたいのでは？」

「まあ、そりゃ会えるなら会いたいですけど……」

シャルロットの言葉に同意する沙月だが、リオ達の事情もあると思っているからか、無理を言うことはしない。

「貴族社会に慣れていないというのなら、ご安心を。滞在はハルト様のお屋敷にすればよいのですよ。お父様とは顔を合わせて貰う必要はあるかもしれませんけど、他の者達との面会は私の権限で遮断できますので」

シャルロットはリオを誘うためなら権限の行使にも躊躇《ためら》いがないらしい。リオはそのことに若干《じゃっかん》の苦笑《にがわら》いを交えながらも——、

(美春さんと沙月さんを会わせてあげたいというのは俺《おれ》も同じだ。ラティーファのことも城にいる人達との接触《せっしょく》を最小限に抑えられるなら……)

誘ってみるだけ誘ってみるのもいいのかもしれない。

「……わかりました。必ずお連れできるとはお約束できませんが、美春さん以外の方々にも声をかけてみます」

「楽しみにお待ちしております」

と、シャルロットは愛嬌《あいきょう》たっぷりに喜んで言った。

「ふむ。明日出発となると、今日中に屋敷を引《ひ》き渡しておくべきか。シャルロットよ、サツキ殿が今滞在している尖塔《せんとう》の傍《そば》に空いている屋敷があるのはわかるな?」

「はい、お父様。その邸宅をハルト様に下賜なさるのですね」

「うむ。サツキ殿もお連れして、ハルトを屋敷へ案内してくるとよい。鍵《かぎ》は執務室《しつむしつ》に保管してあるゆえ、ついてこい」

「承知しました。すぐに戻りますので、サツキ様とハルト様はこのままこちらでお待ちくださいな。リーゼロッテ、貴方《あなた》もこの場に。ハルト様のお屋敷の見学にご一緒なさいな」

「うん、わかったわ」

「ご迷惑でなければ、喜んで」

などと、沙月とリーゼロッテがそれぞれシャルロットに返事をする。

「あと、クレティア公爵はお父様とお話があるみたいですし、ジュリアンヌ様も見学にいらっしゃいますか？」

と、シャルロットはリーゼロッテの母であるジュリアンヌも誘う。立場的には公爵夫人であるジュリアンヌよりも王族であるシャルロットの方が上だが、年長者であることを踏まえてあえて様と敬称《けいしょう》をつけたのだろう。

「とても嬉《うれ》しいお誘いですけれど、お邪魔ではないでしょうか？」

「そのようなことはありませんよ。ねえ、ハルト様？」

「もちろんです」

即答《そくとう》するリオ。立場的に邪魔《じゃま》だと言えるはずもないが、ジュリアンヌは夜会に参加する時にお世話になった相手だし、改めて礼を言いたいと思っていたので、歓迎《かんげい》しない理由がない。ちょうど良い機会である。

「では、決まりですね」

シャルロットは嬉しそうにふふっと微笑む。こうして、ガルアーク王国勢でリオに与えられる屋敷へと向かうことが決まった。

一方、ここしばらくはリオとずっと一緒にいるのが当たり前だったからか、そんな一同をフローラは少しだけ寂《さび》しそうに、そして羨《うらや》ましそうに見つめている。と――、

「よろしければクリスティーナ様とフローラ様もいらっしゃいますか？　ハルト様との旅の間に何があったのか、もっと詳しくお話を聞きたいですし」

シャルロットがそのことに気づいたのか、ベルトラムの王女二人を誘った。

「私達は……」

どうするべきなのか？　行っていいものか？　リオに遠慮《えんりょ》しているのか、クリスティーナの言葉は続かず、少し間ができる。隣《となり》に座《すわ》るフローラに視線を向けると、とても行きたそうな顔をしていて――、

「……では、せっかくなので、ご一緒させてください」

クリスティーナは控え目に返事をした。

「では、着替《きが》えを用意させますから、私に付いてきてくださいな。いつまでも旅装束《たびしょうぞく》のままというわけにもいきませんし」

クリスティーナもフローラも旅装束のままこの部屋まで直《じか》に案内されて今に至るので、シャルロットが気を利《き》かせて提言する。

「ありがとうございます」

まずはクリスティーナが礼を言って、フローラも続けてお礼の言葉を口にした。

「ハルト様のお召《め》し物《もの》は屋敷に運ばせますから、移動したら着替《きが》えてくださいな」

「恐れ入ります」

旅装束なのはリオも同じだ。時空の蔵《くら》の中には着替えが入っているが、シャルロットにはその存在を伝えていない。ただ、リオは貴族として着てもおかしくない服をあまり持ち合わせていないので、ありがたい配慮《はいりょ》だった。

「そういうわけだから、後で顔を出すわ、ユグノー公爵」

と、クリスティーナはユグノー公爵に命じる。

「御意。私はヒロアキ様の様子を見て参ります」

ユグノー公爵はスッとこうべを垂れて頷いたのだった。

◇◇◇

それから、国王フランソワ、第二王女のシャルロット、クレティア公爵、そしてクリスティーナとフローラに、ユグノー公爵が退室すると、室内にはリオと沙月とリーゼロッテに、ジュリアンヌが取り残されることになった。

以降はクリスティーナとフローラの着替えが完了し、リオに与えられる屋敷の鍵をシャルロットが持ってくるまでしばし待機となる。すると——、

「ジュリアンヌさんとお会いするのは夜会の時以来ですよね。まだちゃんとご挨拶《あいさつ》できていなかったので、改めまして。お久しぶりです」

沙月がリーゼロッテの母であるジュリアンヌに話しかけた。夜会に出席した貴族達《たち》とはそれこそ数え切れないほど挨拶を交《か》わした沙月だったが、リーゼロッテの母であるジュリアンヌのことはしっかりと覚えていたらしい。

「はい。覚えていてくださって光栄です、勇者様」

ジュリアンヌは嬉しそうに笑みをたたえて沙月に応じる。

「そりゃあもう、ジュリアンヌさんはすごくお綺麗《きれい》ですから。流石《さすが》はリーゼロッテちゃん

のお母さん……というより、最初は少し歳の離《はな》れたお姉さんなのかなと思っていたから親子だと聞いて驚《おどろ》いてしまって、すごく印象に残っていたんです」

「まあまあ、勇者様にそう仰っていただけるなんて、とても嬉しいです」

ジュリアンヌは照れくさそうに頬をほころばせた。

「勇者様って呼ばれるのはあまり慣れていなくて。よかったら名前で呼んでください」

「恐れ多《おお》いのですが……、では、サツキ様と。娘が色々とお世話になっているとのことで誠《まこと》にありがとうございます」

ジュリアンヌはそう語り、ぺこりと頭を下げる。

「いえいえ、こちらこそ。リーゼロッテちゃんにはお世話になっていまして」

沙月も社交的に応《こた》えて、ぺこりとお辞儀《じぎ》を返す。

「代官を務めていたり、商会を経営していたり、忙《いそが》しさを理由に同年代の子達との交流を疎《おろそ》かにしがちな子ですので、サツキ様に仲良くしていただけると幸甚《こうじん》です」

と、親心を覗《のぞ》かせて語るジュリアンヌ。

「も、もう、お母様」

リーゼロッテはほんのりと頬を赤くしてしまう。

「ふふ、その点はご安心を。リーゼロッテちゃんとはすっかり仲良しになりましたから。

用事があって王都に来る時はわざわざ私に会いに来てくれますし。いつもありがとうね、リーゼロッテちゃん」

沙月はくすくすと笑いながら語って、リーゼロッテに日頃《ひごろ》の礼を言った。

「いえ、私も沙月さんとお話をできて嬉しいので。お礼を申し上げるのは私の方ですよ」

「良かったわね、リーゼロッテ」

はにかんで応じた愛娘《まなむすめ》の姿を見て、ジュリアンヌが優《やさ》しく語りかける。

「はい、お母様」

と、リーゼロッテは声を弾《はず》ませて首肯した。すると――、

「ご挨拶が遅《おそ》くなりましたが、その節は私も大変お世話になりました、ジュリアンヌ様。リーゼロッテ様にも色々と」

リオも話に加わり、ジュリアンヌとリーゼロッテに挨拶した。先ほどは国王であるフランソワもいた手前、他の面々への挨拶は省略されていたからだ。

「いえ、こちらこそ。お久しぶりです、ハルト様」

と、まずはリーゼロッテが挨拶に応じる。

「またゆっくりとお話をする機会ができて嬉しいわ、アマカワ卿。サツキ様や娘とも一緒《いっしょ》に私までお屋敷の見学にお誘いいただいて、ありがとうございます」

ジュリアンヌもリオに応えて、実に嬉しそうに笑《え》みをたたえた。

「いえ、私もあちこち動き回っていてばかりで皆様とはなかなかお会いする機会がなかったので、こうしてお話ができる機会に恵《めぐ》まれてとても嬉しいです。改めてお礼も申し上げたかったので」

「ハルト君もお屋敷を貰ったら、もう少し顔を見せてくれると嬉しいんだけどなあ」

リオがジュリアンヌに応じると、沙月がおねだりするように茶目《ちゃめ》っ気《け》のある声色でリクエストした。

「今後はなるべくそうするつもりです。お城に滞在している間は自分の家だと思っていつでも自由に屋敷に来てください」

「言ったわね。楽しみにしているんだから」

言質《げんち》は取ったわよと、沙月は上機嫌《じょうきげん》になる。

「ええ」

リオは沙月を歓迎するように、笑顔《えがお》で頷いた。

「そうと決まれば、ハルト君がどんなお屋敷を貰うのか益々《ますます》楽しみになってきちゃった。ありがとうね、ハルト君」

「お礼を言われるようなことは何もしていませんよ」

「いやいや、ハルト君のこれまでの功績が評価されてお屋敷を貰うことになったんだし、もしもクリスティーナ王女とフローラ王女が無事に戻《もど》ってきていなかったら、こうやって心から楽しみに思うことができていたかわからないもん。月並みな言葉だけど、後味が悪いというか……。だから、そのお礼。お言葉に甘《あま》えて、ハルト君がいる間は毎日のように遊びに行かせてもらうつもりだし」

沙月はそう語り、途中《とちゅう》で少し湿《しめ》っぽい雰囲気《ふんいき》になるのを嫌《きら》ったのか、最後にふふんと悪戯《いたずら》っぽく笑う。

「なるほど」

リオもくすりと口許《くちもと》をほころばせた。

「ジュリアンヌさんとリーゼロッテちゃんはハルト君が貰うお屋敷がどんなものなのか知っているんですか？」

沙月がクレティア公爵《こうしゃく》家の二人に尋ねる。

「どの建物のことを指しているのかは先ほどの陛下のお話をお聞きしてわかりました。王族の方が住まう場所なだけあって、綺麗《きれい》なお屋敷ですよ。建てられた年代も新しいのか、瀟洒《しょうしゃ》なデザインで。ただ、基本的に王族以外の者が立ち入ろうと思って立ち入ることができる場所ではないので、内装がどうなっているかまでは……。お母様はご存じですか？」

と、まずはリーゼロッテが答えて、ジュリアンヌに話を振《ふ》った。

「私も中に入ったことはないわ。だからもう興味津々《きょうみしんしん》で」

ジュリアンヌは好奇心《こうきしん》による喜びを滲《にじ》ませて語る。

「わかります。知らないお家の間取りとか内装を見学させてもらうのってすごくワクワクしますよね」

そうして、会話に花が咲《さ》いていく。シャルロットが着替えを済ませたクリスティーナとフローラを連れて戻ってきたのは、数十分後のことだった。

【第二章】 新たな屋敷と、新たな波紋？

数十分後。場所はリオ達がいた王族専用の応接室から、お城の敷地へと移る。

リオはシャルロットに連れられ、フランソワから与えられることになった屋敷のすぐ側まで足を運んでいた。沙月《さつき》、リーゼロッテ、ジュリアンヌ、そして着替えを済ませたクリスティーナとフローラも同行している。

「こちらがハルト様に下賜されるお屋敷です」

シャルロットが屋敷の前で立ち止まり、手で指し示して一同に語りかけた。

「私が暮らしている尖塔から目と鼻の先。お部屋から屋敷が見下ろせるなとは思っていたけど、ここだったんだ。近くで見ると立派ねえ」

沙月は後ろを振り返《かえ》り、自分が暮らす尖塔を見上げる。両者の距離は百メートルもないくらいだ。

「中に入りましょうか。最低限の家具は備え付きで、他に必要な物資もお待ちいただいていた間に運び込ませましたので、このまま暮らすこともできます。屋敷の各部屋を軽く覗いたら、応接室でお話をしましょう」

どうぞこちらへ――と、シャルロットは先導を再開する。屋敷の前にはシャルロットに仕えている侍女《じじょ》数名が待機していて、沈黙《ちんもく》したままこうべを垂れていた。そして、その内の一人が顔を上げると、玄関《げんかん》に近づき扉《とびら》を明けた。

そのまま屋敷へ入っていく一同。まずは各部屋を順番に回ってから、リオが途中で旅装束を着替え、最後に皆で応接室へと移動してソファに腰《こし》を下ろす。

席順はシャルロットのさりげない誘導《ゆうどう》に基《もと》づき、扉に近い下座にリーゼロッテとジュリアンヌが腰を下ろし、その両はす向かいで他の面々が顔をつきあわせて座っている（リオは沙月とシャルロットに挟《はさ》まれて座り、その向かい側にクリスティーナとフローラが座っていて、ジュリアンヌとリーゼロッテも合わせるとちょうどコの字の形を成している）。

「王族の人達が暮らすだけあって、すごく立派な屋敷ね。広いし、お部屋もたくさんあるし」

屋敷の見学を存分に堪能《たんのう》したのか、沙月が強く感心した様子で言った。

「やはり王族でもない私がここで暮らすのはまずい気もするのですが……」

リオは屋敷を見た今、改めて本音を漏《も》らす。

「まあ確かに、王族でもないのに一人だけお城の敷地に暮らすことを認められるわけだから目立ちはするわよね」

沙月は少なからずリオの心情に同調するところがあったのか、苦笑交じりにそんなことを言う。だが――、

「その王族の頂点に君臨するお父様が構わないとおっしゃっているのですから、何の問題もありません。私としてもハルト様にはぜひこのお屋敷に暮らしていただきたいので、全力で後押《あとお》しする所存です」

と、シャルロットは間髪《かんはつ》を容《い》れずにこやかに告げる。

「あはは……。一つ気になったんだけど、王族の定義って何なの？　シャルちゃんやクリスティーナ姫《ひめ》に、フローラ姫が王族だっていうのは理解できるんだけど、王様とどこまでの範囲《はんい》の親族を王族というのか、いまいち範囲が不明確というか、王族ってけっこう沢山《たくさん》いるのかなって思ったというか」

沙月が微妙《びみょう》に乾《かわ》いた笑いを漏らしながらも、疑問を口にした。

「その辺りのことは王室典範《てんぱん》と呼ばれる国法に細かく記されています。どこの国でも現国王一家、すなわち現国王と正妻、そしてその二人の間に誕生した臣籍《しんせき》降下していない子が王族に含まれることに相違《そうい》はありませんね。あとは先代国王とその正妻、そして先代国王と正妻の間に誕生した臣籍降下していない子も王族として扱《あつか》われるのも一般的《いっぱんてき》でしょうか。

その他の細かい部分では国ごとに取扱《とりあつか》いが異なっているはずですが、ベルトラム王国ではどうでしょうか、クリスティーナ様？」

シャルロットは記憶《きおく》していることをそらんじるようにすらすらと説明し、他国の王女であるクリスティーナに話を振った。

「はい、ベルトラム王国でも同様です」

と、クリスティーナは落ち着いた声色《こわいろ》で頷く。

「要するに、現職と前職を問わず、国王夫妻だった経歴のある人は全員が死ぬまで王族の地位を保有するってことよね？　で、国王夫妻の子も臣籍降下ってのが発生しない限りは王族であり続けると」

沙月は自分なりにわかりやすく言い換《か》える。

「はい、その通りです。臣籍降下というのは王室を離脱《りだつ》すること。他国の王家に籍を入れる場合は特殊《とくしゅ》な扱いになるのですが、一般的には家臣の家に籍を入れるなどして家臣の地位に就くことを指すと考えていただければよいでしょう。国内の公爵家に籍を入れるケースが多いでしょうか。実際、過去にはクレティア公爵家に籍を入れた王族もいましたので」

シャルロットはリーゼロッテを見やりながら、説明を続けた。

「なるほど。じゃあ、リーゼロッテちゃんも王族ではないけど、王族の親戚《しんせき》ではあるわけか。ふむふむ」

「はい」

「そういえば国王一家以外の王族の人ってあまりお城では顔を見ないわよね。挨拶くらいは私もしたことがあるけど」

「現国王一家以外の者があまり深く政治に関《かか》わるのは権力分散の恐れがあって、好ましくはありませんからね。だから王城の建物内に暮らすことが許されているのはお父様とお母様、そしてミシェルお兄様や私に、妹のロザリーのような現国王一家の者のみなのです。それ以外の王族は王城の敷地内に屋敷を構えて暮らしてもらっています」

「……興味本位の質問が続くんだけど、王族の人がわざわざ家臣の人と結婚《けっこん》して王室から離脱するのはやっぱり政略結婚によるものなの？」

と、沙月はシャルロットを見て質問する。

「ええ。大抵の場合は王家と特定の家臣との結びつきを強めるため、という名目になりますね。身分差というのがやはりどうしても障害となるため、先ほど申し上げた通り、公爵家に籍を入れることが多いですけれど」

シャルロットは詳細《しょうさい》に語り、流し目で一瞬《いっしゅん》だけリオを視界に入れてふふっと微笑《ほほえ》む。

「ふーん、そっか……」

沙月も一瞬だけリオの顔を見て、納得《なっとく》する。

「いずれにせよ、臣籍降下が発生するのは王位継承権《けいしょうけん》の順位が低い下位の王族が対象となるケースが大半なので、クリスティーナ様やフローラ様、それに私のように高位の王位継承権を持つ王族にとってはあまり縁《えん》のない話ではあるのですけれどね」

と、シャルロットは説明を付け加えた。

「んー、でも、臣籍降下しないと結婚相手がなかなか見つからなくて、高位の王族の人だと一生独身でいる場合もあるんじゃない？」

「そうはなりません。高位の王族の場合は家臣の子供を王室入りさせるのが一般的なだけですから。籍を入れてくる者は公爵家の人間が主ですけれど」

「ああ、王族の地位を保ったまま婚姻《こんいん》を結ぶのか。なるほど」

「必ずしもそうではないのですが、高位の王族が臣籍降下することは不名誉《ふめいよ》なことだと見なされがちなんです。公言はしなくとも、王族の地位を保ったまま生涯《しょうがい》を終えたいと考える王族も中にはいるかもしれません」

要するに、王族の中にも序列があって、その順位次第で臣籍降下が発生しやすいかどうかが決まってくるということだ。

そして、高位の王族だと自らの臣籍降下を嫌うこともある。

「なんとなくわかるといえばわかるけど……、王族の結婚は色々と複雑そうねえ」

様々な事情が垣間見《かいまみ》えたのか、沙月の顔が微妙に引きつった。

「まさしく、その通りなのです」

シャルロットは億劫《おっくう》そうに嘆息《たんそく》して、力強く相槌《あいづち》を打つ。そして——、

「ですが私、ハルト様が相手なら臣籍降下してでも嫁ぎたいくらいですわ」

いきなりそんなことを言って、隣に座るリオを見てたおやかに微笑みかけた。

「っ、ごほっ、ごほっ……。し、失礼いたしました」

ちょうど手にしたカップを口につけようとしていたリオ。不意を衝《つ》くように放たれた言葉のボディブローを喰《く》らって思わずむせたが、すぐに持ち直して慌《あわ》てて一同に謝罪する。が、シャルロットを除いたその場にいる全員が揃《そろ》いに揃って唖然《あぜん》となり目を丸くして硬直《こうちょく》しているので、リオの言葉が届いているようには見えない。

そんな中で——、

「こ、こらこらシャルちゃん。クリスティーナ姫やフローラ姫もいる前でそんなこと言ったらいけないんじゃないの？」

真っ先に口を開いたのは沙月だ。クリスティーナとフローラを意識して、シャルロットを注意する。

「それがあながちそうとも言えません。夜会が終わってハルト様がお城を去ったあの時とはまた状況《じようきよう》が変わってきましたので」

「それは……どういう意味？」

沙月が表情の変化を探《さぐ》るように目を凝《こ》らして尋ねる。思い出したのはリオが夜会を終えてお城を立ち去る時にシャルロットが告げた爆弾《ばくだん》発言だ。

――実の兄のようなお方だと、確かにそう思っていたのですが、違《ちが》ったようです。異性として、ハルト様に個人的な好意を抱《いだ》いてしまったので。

「すべてはハルト様のおかげということです。ふふ、しばらくお会いできませんでしたけど、ハルト様はちゃんと私のことを忘れないでいてくださいましたか？」

シャルロットは沙月の質問をはぐらかすように答えてから、リオに語りかけた。

「はい、もちろんです……」

リオはその時の出来事をきちんと記憶していたのか、シャルロットの視線をバツが悪そうに受け止めながら答えた。

「嬉しい」

シャルロットは年相応の乙女《おとめ》らしく、屈託《くつたく》のない笑みを覗かせて喜んだ。一方で、そんな彼女《かのじよ》の様子を心底物珍《ものめずら》しげに見つめているリーゼロッテ。

公爵令嬢《こうしゃくれいじょう》であるリーゼロッテは幼少期からシャルロットと付き合いがあり、シャルロットから気に入られたこともあって親しい関係を築いてきた。ゆえに、リーゼロッテはシャルロットのことをよく理解している。

シャルロットが異性に気のあるそぶりを見せるのは珍《めずら》しいことではないが、それはあくまでもからかうことが目的で、本気で気があるわけではない。

要するに、異性をからかい、相手の反応を見て楽しむのがシャルロットの数少ない、そして極《きわ》めて厄介《やっかい》な趣味《しゅみ》なのだ。少なくとも、今まではそうだった。だが――、

（この表情。シャルロット様、本気なの？）

どうも今回は毛色が違うように思えた。

というのも、今、リーゼロッテの視界に映るシャルロットの表情は過去に目にしたことのないものであることが理由の一つ。

そして、リーゼロッテが記憶している限りで、シャルロットが異性として特別な好意を抱いていることを意味する直接的な発言はしたことはなく、あくまでも相手に気のあるそぶりをするだけだったというのも大きな理由である。

そんなわけで――、

（ハルト様が相手なら臣籍降下してでも嫁ぎたい、というのはどう捉《とら》えても結婚したいと

同義よね……。わ、わからないわ。二人の間に何があったのか、どういうことなの、本当に？　すごく気になるんだけど……）

シャルロットの真意が気になって仕方がないリーゼロッテだった。彼女にしては珍しく驚きが表情に残り続けているのが見て取れる。ジュリアンヌはそんな愛娘《まなむすめ》の横顔を隣で見ていて、ふふっと笑っていた。

「というわけで私、ハルト様とはまたすぐにお会いしたいんです。クリスティーナ様とフローラ様に同行してロダニアへ行くのは止めませんが、ぜひとも皆様を説得して早めにお戻りくださいね。ハルト様と懇意《こんい》にされているというセリア様のことも気になりますし」

と、シャルロットは殊《こと》にセリアの存在を挙げると、隣に座るリオに身を寄せてリクエストする。

「彼女の所属はレストラシオンですので、私の一存でお連れすることはできないといいますか……。今はロダニアで仕事にも就《つ》いているみたいですし」

押《お》され気味に答えるリオ。

「では、クリスティーナ様からご許可を頂きましょう。いかがでしょうか、クリスティーナ様？」

シャルロットはその場にいるクリスティーナに問いかけた。フットワークが実に軽いというか、もしかすると最初からこの辺りの話もするためにクリスティーナを呼んでいたのかもしれない。両者の身分や立場によっては極めて失礼な行いにあたるが、その辺りは高位の王族であるので問題にはならない。

「そうですね、構いませんよ。ちょうど長期休暇《きゅうか》に入る時期も近く、講師業の方は切り上げてもさほど支障はないでしょうから。先生も久々にアマカワ卿《きょう》と一緒にいたいでしょうし」

クリスティーナは悩《なや》むこともなく、ほぼ二つ返事で了承《りょうしょう》する。

「では、決まりですね。セリア様はハルト様とずいぶんと親しそうですし、お会いできるのが本当に楽しみだわ。……そうだ。ミハル様や他の方々もいらっしゃるのなら、このお屋敷《やしき》でお泊《と》まり会を開くのもいいのではないでしょうか」

シャルロットは実に可愛《かわい》らしい笑顔を浮《う》かべて喜び、話を広げていく。

「いいの、ハルト君？　嫌《いや》なら嫌って言った方がいいわよ？　このままだとシャルちゃんのペースでどんどん話が進んでいくから」

沙月が少し疲《つか》れたような顔で嘆息し、リオに言う。日頃からこうやっておねだりなどされて色々と付き合わされているのだろう。

「まあ、みんなに訊《き》いてみて判断します」

そこも踏《ふ》まえて来るかどうか決めると思うので……と、そこまでは言わなかったが、リオはそう考えてやや苦笑気味に答えた。

「では、皆様がいらっしゃる場合はお泊まり会も決行ということで。せっかくだし、リーゼロッテも参加なさいな」

「私も、ですか？　仕事のスケジュールもございますので、日程次第《しだい》では難しいかもしれませんが……」

唐突《とうとつ》にシャルロットから打診《だしん》され、面食らうリーゼロッテ。

「ハルト様は明日、クリスティーナ様達と一緒にロダニアへ向かうのですよね。そこからここガルトゥークに戻ってくるまで、どれくらいの時間がかかりますか？」

「……そうですね。魔道船《まどうせん》で飛べばガルトゥークからロダニアまではその日のうちにたどり着いて、セリア様にはそのまますぐ会って話をできるとして……。もう一日か二日あれば美春《みはる》さん達にも会って話をすることができるので、ロダニアからガルトゥークの移動にも魔道船を使用できるのであれば、一週間前後でしょうか」

と、リオは余裕《よゆう》を持たせて予想を告げる。他の面々がいる手前、セリアのことは様付けだ。すると――、

「往復の送迎《そうげい》は任せてください。魔道船を動かしますので」

クリスティーナが往復の交通手段の提供を申し出た。

「あら、よろしいのですか？　こちらからお迎《むか》えを、とも思っていたのですが」

シャルロットがクリスティーナに確認《かくにん》する。

「ええ、私もロダニアへ戻った後、またすぐにフランソワ陛下とお話をしにこちらへ出直すつもりだったので。アマカワ卿に同船していただけるなら当方としても安心です」

「なるほど。では、送迎はレストラシオンにお任せするとして、ハルト様と共にまたこちらへいらっしゃるのなら、クリスティーナ様もお泊まり会に参加なさいますか？」

シャルロットはふふっと笑みをたたえて、クリスティーナを誘う。

「いえ、私は……」

やはりリオへの遠慮が先立つのだろう。ほぼ反射的に断ろうとしたクリスティーナだったが、ふと隣に座るフローラから期待のこもった眼差《まなざ》しを向けられていることに気づくと二の句を引っ込めてしまう。

「クリスティーナ様もいらっしゃるのであれば、もちろんフローラ様もご一緒に」

シャルロットがフローラを一瞥《いちべつ》して付け足した。

「……では、お泊まり会にまで参加できるかはまだわかりませんが、お茶会や食事会などには出席させていただければと」

と、クリスティーナは少し逡巡《しゅんじゅん》してから返答した。

「嬉しいわ。お二人にも参加していただけると楽しみが増えますから、ぜひ。ただハルト様のお連れの皆様が息苦しくならないよう、無礼講で砕《くだ》けた雰囲気の会にできればと思っていますので、その点はご留意ください」

シャルロットは美春達の存在にもしっかりと配慮しているのか、そんなことを言う。その一方で――、

（本当にどんどん話が大きくなっていく。というより、未婚《みこん》の王女様達や公爵令嬢が未婚の男の家に泊まっていいんだろうか？　……すごく今さらな気もするけど）

と、少し困惑《こんわく》がちに疑問を抱くリオ。

「はあ、本当に楽しみだわ。早く期日が訪《おとず》れないかしら」

シャルロットは実にご満悦《まんえつ》な面持《おもも》ちで思いを馳《は》せている。彼女の中ではもはや開催《かいさい》が既《き》定《てい》路線なのだろう。

（俺が参加するのは確定なんだろうな。まあ、美春さんと沙月さんは一度再会してもらいたいし、ラティーファ達が来られなくても来ないと駄目《だめ》か。お泊まり会についてはまあ、なるべく部屋に引きこもっていればいいか……）

王女であるシャルロットが発起人《ほっきにん》として一同を誘《さそ》っている以上、リオが懸念《けねん》しているよ

うな問題はないのだろう。これ以上色々考えると心労が溜《た》まりそうな気がしたので、リオはそう考えることにした。

「ジュリアンヌ様はいかがなさいます？」

シャルロットは最後にまだ誘われていないジュリアンヌに話を振った。

「私は既婚者《きこんしゃ》ですので、若い皆様《みなさま》でお楽しみください。夫には私から話を通しておきますので、娘《むすめ》のことをどうぞよろしくお願いいたします」

と、ジュリアンヌはどこか愉快《ゆかい》そうな声色で参加を辞退した。

（……私も参加は確定ね。一度アマンドに帰って、予定を調整しないと）

軽い溜息《ためいき》を漏らすリーゼロッテ。

しかし、その口許《くちもと》は嬉しそうにほころんでもいたのだった。

◇　◇　◇

それから、半刻と少しが経過する。

リオに下賜《かし》された屋敷での席は基本的には和《なご》やかな雰囲気で話が弾んでいったが、諸々《もろもろ》のお話はお泊まり会の当日にとっておきたいというシャルロットのリクエストもあり、いったんお開きとなった。

沙月とシャルロット、リーゼロッテにジュリアンヌは引き続きリオの屋敷に滞在《たいざい》し続けることになったが――、

「では、私とフローラはこれで」

クリスティーナとフローラはそのまま退席する運びとなる。先ほどの話し合いの中ではリーゼロッテと弘明《ひろあき》との婚約《こんやく》話についてどういう経緯《けいい》で話が進んだのかを話を聞く一幕もあった。ゆえに、そういった不在中の出来事も含《ふく》めユグノー公爵や弘明と話をしたいのかもしれない。実際――、

「ユグノー公爵のお部屋まで案内をお願いできるかしら？」

クリスティーナはリオの屋敷から出ると、案内役の女官にそう依頼《いらい》した。護衛の者達を含め、十数名の人員で敷地《しきち》内《ない》を移動し、ユグノー公爵の部屋を目指す。しかし――、

「ユグノー公爵は留守とのことです。見張りの者の話によると、勇者ヒロアキ様のお部屋にいらっしゃるとのことですが……」

ユグノー公爵はガルアーク王国から借り受けている部屋を留守にしていた。女官は部屋の側に控《ひか》える見張りから話を聞き、ユグノー公爵がいるであろう所在地を告げる。

「……そう。では、ヒロアキ様のお部屋まで案内をお願いできるかしら？」

一瞬だけどうするべきか考えたクリスティーナだったが、弘明の部屋を訪れることを決めて新たに案内を依頼する。

「承知しました」

女官は恭《うやうや》しく頭を下げると、弘明の部屋へと案内を開始した。ユグノー公爵の部屋とは目と鼻の位置にあるので、数十秒とかからず案内は終了《しゅうりょう》する。そして、クリスティーナとフローラが弘明の部屋に入ると――、

「これはどうも、クリスティーナ様、フローラ様」

室内にいた人間は弘明、ユグノー公爵、ロアナの三人。ユグノー公爵とロアナは立ち上がって二人を待ち構えていて、スッとこうべを垂れた。その表情はいささか焦燥《しょうそう》しているように見える。その一方で――、

「…………」

弘明はムスッとした顔でソファに腰を下ろしている。それでクリスティーナはもちろんとして、フローラも弘明の機嫌《きげん》が悪いことを察した。

「ご機嫌よう、ヒロアキ様」

クリスティーナは特に気にした様子もなく、ドレスの裾《すそ》を摘《つ》まみ落ち着いた声色で弘明に話しかける。

「ああん？　別に俺《おれ》はご機嫌ではないな」

と、捻《ひね》くれた言葉を返す弘明。

「何かあったのでしょうか？」

クリスティーナはやはり落ち着いたトーンの声で尋《たず》ねる。

「別に……何にもねえよ。お前らはハルトの野郎《やろう》のところでずいぶんとお楽しみだったみたいだな」

弘明はふんとそっぽを向き、不貞腐《ふてくさ》れたように答えた。

「恩人であるハルト様の所属する同盟相手の姫、シャルロット王女からのお誘いです。無下《むげ》にすることなどできません」

「………とかいって、お前ら自身がアイツの所に行きたかったんだろ」

ぼそりと漏らす弘明。しかし、その呟《つぶや》きが他の者の耳に届くことはなく――、

「何か仰《おっしゃ》いましたか？」

クリスティーナが首を傾《かし》げる。

弘明はキュッと唇《くちびる》を噛《か》みしめると――、

「ちょうどユグノー公爵とロアナに話をしていたところだったんだ」

と、そんなことを言い始めた。

「何のお話をでしょう？」

弘明の言葉がいまいち要領を得ないせいで、クリスティーナが疑問符《ぎもんふ》を浮かべる。

「ロザリーとの結婚についての話だ」

「……念のため確認いたしますが、ガルアーク王国の第三王女であるロザリー姫のことで間違《まちが》いはありませんか？」

クリスティーナはあまり顔色が優《すぐ》れないユグノー公爵とロアナを一瞥してから、弘明に確認した。

「ああ」

「わかりました。では、腰を下ろしてお話を伺《うかが》いましょう。貴方達《あなたたち》も座《すわ》りなさい」

厄介事を予感したのか、一同に着席を促《うなが》してから、弘明の対面に移動して腰を下ろすクリスティーナ。フローラはクリスティーナの隣《となり》に座り、二人で弘明と向かい合う。ユグノー公爵とロアナは下座へと移動して着席した。それを確認して――、

「お聞かせいただけますか？」

クリスティーナは弘明に問いかける。

「大したことではないんだがな。俺はロザリーを正妻として迎え入《い》れたい。それだけだ」

弘明は結論を簡潔に提示すると、顔を上げてクリスティーナの反応を探ろうとする。

「なるほど。それでユグノー公爵とロアナにそれは無理だと説得されましたか？」

クリスティーナは特に驚いた様子も見せず、弘明の視線を受け止めながら淡々《たんたん》と事実を確認した。

「……ああ」

期待していた反応と違ったのか、弘明はわずかに眉《まゆ》をひそめて頷《うなず》く。

「事実の確認が続きますが、ヒロアキ様はもともとフローラを正妻に迎え入れることが決まっていて、対外的にもこの事実が公表されていました」

「だが、当のフローラはお前と一緒に生死不明のまま失踪《しっそう》した。その時点で婚約は実質的に破棄《はき》されたようなもんだろう。だから組織の瓦解《がかい》を防ぐために、俺はロザリーと婚約させられた」

弘明は勇み足でクリスティーナの事実確認に言葉を繋《つな》げた。

「仰る通りです。ですが、ロザリー姫との婚約に関して話が進む前にフローラが生還《せいかん》した以上、ガルアーク王国側もフローラとの婚約が遡及《そきゅう》的に復活すると考えるはず。その時点でヒロアキ様とロザリー姫の婚約も白紙に戻ったと考えているはずですが」

「それはお前らの都合だろ。ころころと正妻となる婚約者《こんやくしゃ》を変えられるのに辟易《へきえき》としているんだ、俺は」

「……確かに、その通りですね。こちらの都合で振り回《まわ》してしまい、誠《まこと》に申し訳ございません」

クリスティーナは複雑そうな表情を覗《のぞ》かせ、粛々《しゅくしゅく》と語って深く頭を下げた。

「ふん」

弘明は多少の溜飲《りゅういん》を下げたように鼻を鳴らす。が——、

「一つ伺いたいのですが、ヒロアキ様がロザリー姫との婚姻をここまで強く望まれているのは、ロザリー姫のことを愛しておいでだからと考えてよろしいのでしょうか？」

「あ、あん？　あー、いや……、そ、そういうことを訊くか、普通《ふつう》？」

ロザリーへの想《おも》いについてクリスティーナから訊かれると、弘明は目を泳がせて途端《とたん》に恥《は》ずかしがってしまった。

「無粋《ぶすい》でございましたね。ですが、私にとっては極めて大事なことでしたので……。失礼いたしました」

重ねて謝罪するクリスティーナ。

「……？」

弘明は怪訝《けげん》な顔になるが——、

「最後に確認させてください。ヒロアキ様はフローラではなく、ロザリー姫を正妻として

迎え入れたい。そうなのですね？」

クリスティーナは話を続け、じっと弘明を見据《みす》えて問いかけた。

「あ、ああ、最初にそう言っただろ」

弘明はクリスティーナの眼差しに押されたのか、上ずった声で答える。すると――、

「承知しました。では、フローラとの婚約は正式に白紙へと戻しましょう」

クリスティーナは実にあっさりとした声で、そう告げた。

「……な、何を仰っているのですか、クリスティーナ様!?」

ユグノー公爵が珍しく取り乱し、狼狽《ろうばい》した様子で叫《さけ》んだ。すぐ傍《そば》に座るロアナも強く驚《おどろ》いているのか、目を見開いて硬直している。というより、言い出した当の本人である弘明も瞠目《どうもく》して呆《ほう》けている。

「仕方がないでしょう。ヒロアキ様はロザリー姫を正妻として迎え入れたいというのだから」

「だからといって、なにをそれほどあっさりと……！　そうなってしまってはヒロアキ様とレストラシオンとの結びつきが弱まってしまうではありませんか？」

正気ですか？　と、ユグノー公爵は言外に訴《うった》えた。

「好きでもない相手を正妻として迎え入れて、生涯を添《そ》い遂《と》げるのは苦痛でしょう？」

　クリスティーナは極めて冷静な声色で、さらりと言い返す。好きでもない相手というのは、ここではフローラのことだ。

「そ、そのようなこと、王侯《おうこう》貴族であれば……」

「ええ、王侯貴族であれば当然のことね。けど、ヒロアキ様は王侯貴族ではないわ。勇者様なのよ」

　ユグノー公爵が言いかけて呑《の》み込んだ言葉を、クリスティーナが繋げた上で反駁《はんばく》した。

「それは……」

　盛大に顔を引きつらせて言葉に詰《つ》まるユグノー公爵。話題の対象となる人物が貴族の若造や令嬢《れいじょう》であればそんな子供の我《わ》が儘《まま》が通るわけがないと一笑《いっしょう》に付《ふ》しているところなのだろうが、その人物が勇者である弘明となるとそうもいかない。

「私は国にとって益《えき》となる人物であれば、相手のことを知らなくとも、相手のことを好きでなくとも嫁ぐことに抵抗《ていこう》はないわ。その時点で相手のことを好きでないのなら、相手のことを好きになれるよう努力もする。けど、それは私が王族だから。その在り方をヒロアキ様に強要することはできないわ」

「し、しかし、それでも……、勇者様の存在はレストラシオンにとって必要不可欠。組織との結びつきを強めるために最善なのは……」

ユグノー公爵《こうしゃく》はクリスティーナとの身分差や、弘明の立場を踏まえてもなお、説得を試みようと苦しい表情で主張する。

「貴方《あなた》の考えはもちろん理解しているわ。けど、勇者様達《たち》はこの世界に実在していなかったはずの存在なのよ。ある日たまたま、聖石に召喚《しょうかん》されてこの世界に降臨されたというだけで、もともとは語《かた》り継《つ》がれるだけの伝説上の存在だった。違う？」

「その点について相違はございませんが……」

それだけでは話が見えてこなかったのか、だからどうだというのだと、ユグノー公爵は少し怪訝な顔になる。

「本来は存在していなかったはずの勇者様達を、無理に勘定《かんじょう》に入れて組織の枠組《わくぐ》みに組み込むべきではない。そう思わない？」

「……実在する以上は、その存在を勘定に入れて物事を考えるべきではないかと愚考《ぐこう》しますが」

ユグノー公爵も簡単には引き下がらない。目上の相手であるクリスティーナに異論を唱えることなどそうはしないが、勇者である弘明にはそれだけの利用価値があるのだ。

「実在する以上は存在を考慮《こうりょ》して、物事を考えるべきだとは思うわ。けれど、あくまでも無理が生じない範囲でよ。勇者様達が我々人間を超越《ちょうえつ》する存在であらせられる以上、無理に人間社会の枠組みに当てはめれば歪《ゆが》みが生じるのは必至だと思うから」

現に今、歪みが発生して困っているでしょう？　と、クリスティーナは温度のこもっていない笑《え》みをたたえて言外に告げた。

「………………」

それでユグノー公爵はいったん押し黙《だま》る。と――、

「……俺だって別になりたくて勇者になったわけじゃないんだがな。地球に帰れるなら帰りたいくらいだ」

弘明が小声でぼやいた。

室内に沈黙の帳《とばり》が降りていただけに、その声はよく響《ひび》く。

「でしたら、勇者をお辞《や》めになりますか？」

地球に帰りたいと言っている時点でロザリーとの婚姻はどうするつもりなのかという疑問が生じるわけだが、クリスティーナはそこをスルーしてより核心《かくしん》に触れる質問を投げかけた。

「……辞めようと思って辞められるもんでもないだろ」

と、弘明は不貞腐れたように言う。クリスティーナが終始冷静であるため、熱くなるになれないようだ。

「レストラシオンとしてはヒロアキ様に組織に所属していただいているだけで多大な恩恵《おんけい》を与《あずか》ることができるのですが、それがヒロアキ様にとって重荷になっているというのであれば一考の余地はあると思っています」

「……つまり、俺がレストラシオンからいなくなっても構わないってことか？」

「正直に申し上げるなら、ヒロアキ様にいなくなられるとレストラシオンとしては非常に困りますので、引き続き組織と懇意《こんい》にしていただけると嬉《うれ》しく思います。ですが、私はそれでもヒロアキ様のご意思を尊重したい。そう申し上げているのです。それが勇者である貴方様《あなたさま》を今後も迎え入れたいと考えている組織の代表としての、誠実な在り方であると思っているので」

クリスティーナは実に堂々とした物言いで、弘明に訴えかけた。

「………………」

何か言おうと口を開けた弘明だが、言葉は出てこず苦々しく押し黙る。

「ヒロアキ様は先ほどロザリー姫を正妻として迎え入れたいと仰っていましたが、それをお止めするつもりはございません。ただ、王族であるロザリー姫との婚姻を願うのであれば、流石《さすが》に貴方様が勇者であり続けることは必須《ひっす》の条件となります。そこはおわかりいただけると思います」

「………」

弘明は渋面《じゅうめん》で黙り続けていた。が――、

「……またすぐにガルアークへ戻《もど》ってくるつもりですが、私とフローラは明日レストラシオンの面々に無事な姿を見せるためにロダニアへ一度帰還《きかん》します。その時にヒロアキ様とフローラとの婚姻が正式に解消されたことを公表させていただきますので」

「何……？」

弘明はここでぴくりと顔を上げて反応を示す。

「ヒロアキ様とロザリー姫との件はまだ伏《ふ》せておきますが、フランソワ国王陛下には私から話を通しておきます。本当に彼女と添い遂げるご意思がおありなら、ご自分でもロザリー姫にその想いをお伝えください」

今まではすべて人にお膳立《ぜんだ》てされて縁談《えんだん》を結んできた弘明に、自分からアプローチをしてくれとクリスティーナは言った。

「………」

少し怯《ひる》んだ表情になる弘明。が――、

「ロアナ、貴方は引き続きこの城に残って、ヒロアキ様のお世話をなさい」

クリスティーナは話をどんどん進めて、ロアナに命じる。

「……承知しました」

少し間を開けて立ち上がったロアナは、深くこうべを垂れて頷いた。

「貴方はどうする、ユグノー公爵？」

「……私はロダニアまで同行させていただきます」

わずかに逡巡《しゅんじゅん》したユグノー公爵だったが、クリスティーナ達と共にロダニアへ帰還《きかん》する選択肢《せんたくし》を選ぶ。

「昼過ぎにはロダニアに着きたいから出発は明日の朝の内よ」

「御意《ぎょい》」

「では、私とフローラはこれで」

ユグノー公爵が頷いたのを確認し、クリスティーナは立ち上がった。フローラも慌てて立ち上がり――、

「私もお供いたします」

ユグノー公爵もすかさず起立する。

そうして、クリスティーナとフローラはユグノー公爵を引き連れて退室し、室内には弘明とロアナだけが残り続けることになったのだった。

◇◇◇

「クリスティーナ様、少しお話が」

「わかったわ。じゃあ、貴方の部屋へ行きましょうか」

ユグノー公爵は退室して通路に出たタイミングで、すかさずクリスティーナに語りかけた。クリスティーナも即答《そくとう》して、そのまま目と鼻の先にあるユグノー公爵の居室へ向かうことになる。

弘明の部屋よりはわずかに手狭《てぜま》な客室のソファにクリスティーナとフローラが並んで座り、ユグノー公爵と向かい合う。

「それで、話というのはヒロアキ様のことについてかしら？」

まずはクリスティーナが用向きを確認すると――、

「ええ。組織として譲歩《じょうほ》できるラインに限界があるという点については強く同意できるのですが、フローラ様との婚約解消の件についてはいささか事の運び方が尚早《しょうそう》すぎる気もします。もう少し時間を置き、ヒロアキ様が翻意《ほんい》なさるか確かめてみてもよいのでは？」

と、ユグノー公爵が自分の考えを述べた上で提案した。

「時間を置いたからといって答えが変わる問題とも思えないわね。当のヒロアキ様はフローラではなく、ロザリー姫《ひめ》との結婚《けっこん》を望んでいるのだから。百歩譲《ゆず》って翻意するのを待つとしても、明日の出発まで。そう考えた上での決定よ」

毅然《きぜん》と反論してみせるクリスティーナ。まだフランソワと状況の共有すら行っていないし、本当は弘明がロザリーのことを特別好いているわけではない可能性があることにも気づいてはいるが、それらに言及《げんきゅう》することはしなかった。

「……ですが、フランソワ国王陛下との協議次第でヒロアキ様とロザリー姫との婚姻を認めさせないようにお願いすることもできますし、仮にロザリー姫が正妻に収まった場合でも第二夫人にはフローラ様が相応《ふさわ》しいのではないでしょうか？」

――ですので、フローラ様と婚約はやはり維持《いじ》しておくべきだったのではないでしょうか？　と、ユグノー公爵はそう間を置かず反論材料を提示する。

「ロザリー姫がヒロアキ様の正妻に収まらない場合は、改めてレストラシオンの人物を正妻として迎え入れてくれるつもりがあるのか話を振《ふ》ってみることになるでしょうね。もちろんヒロアキ様のご意思も踏まえてだけど、その場合は私が正妻の候補として名乗りを上げるつもりよ」

と、クリスティーナは自分が弘明の婚約者になる意思があることを打ち明ける。

「お姉様……？」

黙って話を聞いていたフローラが驚いた顔をする。

「フローラとの婚約が既《すで》に公表済みの事実だったし、取り消すことの弊害《へいがい》の方が大きいから取り消すことはしなかったけど、そもそもヒロアキ様の正妻候補者として最も好ましいのはベルトラム王国の第一位王位継承権《けいしょうけん》を保有する私よ。ヒロアキ様がロザリー姫を正妻として迎え入れることに固執《こしつ》されている今ならば取り消すことの弊害はないし、白紙に戻したまで。何か問題はあるかしら？」

「……いいえ。確かに、今からでもクリスティーナ様を正妻の候補者にできるのなら、組織としてはその方が都合は良いですな。殿下《でんか》がそこまでお考えであるのなら、ヒロアキ様の件について申し上げることはもはやございません」

ユグノー公爵は反論の言葉を呑み、粛々と語って納得《なっとく》してみせた。そして――、

（……やられたな。こうなってしまっては反論もできん）

と、そんなことを考える。ユグノー公爵からすればクリスティーナよりフローラが弘明の正妻に収まってくれた方がつけいる隙《すき》ができるのでありがたいのだが、こうなった以上は明日の出発までに弘明が翻意してくれるのを期待するしかない。が、その可能性は薄《うす》い。

「話はこれで終わりかしら？」

クリスティーナがユグノー公爵に確認する。と――、

「いえ。ハルト君……、アマカワ卿のことについても話をさせていただきたく存じます」

ユグノー公爵がリオの話を持ち出した。一つの大きなトラブルに引きずられずに、綺麗《きれい》に思考を切《き》り替《か》えて別の話を切り出せるのは流石《さすが》といえよう。

「聞きましょう」

「これまでにも何度か言及はしてきましたが、彼《かれ》はなんとしても取り込んでおくべき人材です。レストラシオンという組織に組み込むことはできずとも、有事の際にこちらのために動いてくれる程度には」

「………そうね。それが好ましくはあるわね」

クリスティーナが首肯《しゅこう》する。返答するまでに数瞬《すうしゅん》の間を要したのは、ハルト＝アマカワの正体がかつてのクリスティーナと関《かか》わりのあったリオだと確定してしまったという事実が脳裏《のうり》をよぎったからだ。

（彼が国を出て行く決定的なきっかけを作ったのは貴方の息子《むすこ》だった。そんなことは口が裂《さ》けても言えないけど、告げて糾弾《きゅうだん》してやりたくはなるわね）

と、クリスティーナはユグノー公爵の顔をじっと見つめながら想像する。ユグノー公爵が暗殺者としてラティーファをリオのもとへ送り込んだ事実までは知らないクリスティーナだが、それを差し引いても思うところは色々とある。

（当時、何もしなかった私に何かを言う資格はないけれど……）

自分も同罪だと、クリスティーナはひっそりとほぞを噛む。隣に座るフローラも何か思うところはあるのか、少し顔色が優れない。すると――、

「此度《こたび》の件での彼への恩賞、いかがなさるおつもりでしょうか？」

何も知らないユグノー公爵が尋ねてきた。

「彼の功績と釣《つ》り合《あ》う何かをとなると、すぐに決めることはできないわね。彼が魅力《みりょく》を感じるものである必要もあるから……。とりあえずの猶予《ゆうよ》は貰《もら》えたから、彼との付き合いを深めて探《さぐ》るつもりよ」

「なるほど……」

「貴方には何か妙案《みょうあん》があるのかしら？」

今度はクリスティーナから尋ねた。

「常道でいくのであればレストラシオンの有力人物との縁談でしょうか。幸い彼は未婚の若い男子ですから」

「確かに、普通の貴族であれば喜ぶでしょうね……」

同意せざるをえないクリスティーナ。有力な家の貴族令嬢と婚姻《こんいん》を結ぶことは立身出世へと繋がるからだ。普通の貴族であれば当然喜ぶ。

「王城の敷地内にある邸宅《ていたく》を下賜された以上、フランソワ国王陛下もいよいよ本気でアマカワ卿を取り込もうと考えていると見てよいはず。レストラシオンから正妻をお送りすることは叶《かな》わぬでしょうが、高順位の夫人を迎え入れていただきたいところです」

と、饒舌《じょうぜつ》に主張するユグノー公爵。

本来ならば王族以外の居住が認められていない王城の敷地内にある屋敷をフランソワが与《あた》えたのは「余の許可なしにハルト＝アマカワという貴族に勝手に手を出すなよ」という国内外の王侯貴族に向けられた明確なメッセージに他《ほか》ならない。

ゆえに、今後フランソワに無断で下手にリオに手を出せば、同盟相手のレストラシオンであってもガルアーク王国に対して喧嘩《けんか》を売ったことになる。

「アマカワ卿の意向が無視されることはないでしょうから、すぐに高位夫人の席が埋《う》まることもないとは思いますが、だからといって静観し続けるのは得策ではないはず。ただでさえアマカワ卿の周りには魅力的《みりょくてき》な女性が揃《そろ》っているように思えますので……。フランソワ国王陛下とは早めに話をつけておくべきなのではないでしょうか？」

ユグノー公爵は自らの意見をしっかりと述べ続けた。

「…………」

悩ましそうな顔で沈黙《ちんもく》するクリスティーナ。リオの過去を知っているだけに、レストラシオンに所属する令嬢との縁談がリオにとっては恩賞という名のありがた迷惑《めいわく》にしかならないと思っているのだ。

しかし、レストラシオンという組織のことを考えるのならばユグノー公爵の主張は実に妥当性《だとうせい》のあるものであり、組織の長《おさ》としてその案を実行しないのは不自然でもある。それがわからないクリスティーナではない。ゆえに――、

「何か差《さ》し障《さわ》りがございますか？」

「……いいえ」

ユグノー公爵に尋ねられ、クリスティーナはゆっくりとかぶりを振った。

「となると、問題は誰《だれ》を候補として立てるかですな。恩賞として縁談を持ち込むのであれば、彼を自国に引き込めないことを踏まえても相当に格の高い家の令嬢を用意する必要があると存じます。現状、レストラシオンで用意できる最高の令嬢となると、フォンティーヌ公爵家の長女であるロアナ君が適任ではあるのですが」

「……ロアナはヒロアキ様の世話役でしょう。ヒロアキ様との婚姻を前提に近づけているのではないの？　本人も承知の上で」

「ええ。ですがまあ、現実的な話をするのなら順位次第ではあるでしょう。ヒロアキ様は表向きに夫人の序列付けをすることには難色を示しておいでですが、実際にはヒロアキ様

の中でお気に入りの順位が存在しているように思えますので……。第一順位の正妻だけは便宜《べんぎ》上、存在することを認めていただいたわけですが、それを誰にするのかにもこだわりがあるようにお見受けしています」

と、弘明のことを分析《ぶんせき》するユグノー公爵。現に弘明は正妻にはロザリーを、と言い出し始めている。

「ロアナがその中で低い位置にいると？」

「いいえ。現状、ヒロアキ様の中でかなりお気に入りではあるでしょう。ですが、ヒロアキ様は舞《ま》い込んでくる縁談には概《おおむ》ね乗り気です。夫人が増え続けていけばヒロアキ様の中での序列が変動する可能性がある」

「ロアナの実質的な順位が下がるかもしれない、ということね。表向きに順位付けをしないことの弊害が発生する恐《おそ》れもある」

と、クリスティーナはユグノー公爵の発言を踏まえて推察する。

そもそも位の高い家の当主が複数の夫人と結婚するのは、単純に自家が抱《かか》える仕事を正妻との間の子だけでは任せきれないからというのが大きい。

中には正妻との純愛を貫《つらぬ》いて一夫多妻を採用しない貴族も少数いるが、一夫多妻で多くの夫人を抱えているということは、多くの夫人を抱えても子供達を養って仕事を割《わ》り振れるという貴族としての繁栄《はんえい》の証《あかし》でもある。

とはいえ、順位の高い夫人の子ほど当主から重要な仕事を任せてもらえるし、夫人自身の扱《あつか》いも良くなるのが通例である。

それは夫人間の順位付けというシステムが夫人間と子同士の余計なトラブルを避《さ》けるための取り決めとしても機能しているからだ。

「仮に対外的な順位付けをしないまま夫人の数が増えれば、誰の子にどういった仕事を任せるかで揉《も》め事《ごと》が発生することは必至でしょうな。夫人の数が増えることで一人一人の夫人と子が授《さず》かることのできる恩恵も当然小さくなっていきますから、争いも熾烈《しれつ》になるのは容易に想像がつく」

と、ユグノー公爵は語って、溜息をつく。

「少し話が逸《そ》れているような気もするけど……。要するに、そういう不安定な状態でロアナをヒロアキ様に嫁《とつ》がせるよりかは、アマカワ卿《きょう》に嫁がせた方が良いのではないか。そう言いたいの？」

クリスティーナはここで論点とユグノー公爵の主張を整理した。

「ロアナ君の意思も踏《ふ》まえてですが、場合によっては見当する余地はあると考えます」

「……と言うと？」

「ヒロアキ様は表向きの順位付けによって夫人間の優劣《ゆうれつ》が決まり、ご自身の好きなように個々の夫人と接することができなくなることを特に嫌《きら》っていらっしゃいます。ゆえに、その弊害さえ回避《かいひ》できるのであれば順位付けの説得は可能だと考えていたのですが、生々しい話であるので説得は時期を見てと考えていたのが裏目に出ております。今のヒロアキ様がそういった話を聞き入れてくださるかどうか……」

ただでさえお気に入りだったリーゼロッテとの縁談が失敗に終わった上に、ロザリーを正妻に迎《むか》え入れると宣言して一悶着《ひともんちゃく》があったばかりだ。ナイーブになっている今の状況《じょうきょう》でするような話ではない。

「そんな状況でお気に入りのロアナをアマカワ卿の婚約者にするような真似《まね》をすれば、余計にヒロアキ様の機嫌を損《そこ》ねるようにも思えるのだけど」

クリスティーナが冷静に指摘《してき》した。

「かもしれません。ですが、ロザリー姫を正妻として迎え入れたいと仰っている現状ではヒロアキ様の本心がどこにあるかいささか計りかねます。不遜《ふそん》ではありますが、お気に入りのロアナ君がアマカワ卿と婚約するかもしれないという話をチラつかせることでそれを多少は探ることができるのではないかと愚考しました」

と、ユグノー公爵も冷静に受け応《こた》える。

(状況を逆手にとって揺《ゆ》さぶりをかけるというわけね。こういう所は本当に強《したた》かだわ)

クリスティーナは半ば呆《あき》れつつも、半分は感心してから――、

「……意図は理解したわ。けど、アマカワ卿がロアナを婚約者として迎え入れてくれる保証はないし、それでロアナは未来永劫《みらいえいごう》ヒロアキ様と婚姻を結ぶことができなくなる恐れもあるし、フランソワ国王陛下とも協議する必要がある。何よりロアナの意思を確認《かくにん》しなければできない試みね。実現する可能性は薄いようにも思えるけど……」

ユグノー公爵が語った案の問題点を列挙した。

「無論です。ですが、アマカワ卿の第二夫人の席を狙《ねら》えるのであれば、ロアナ君にとっても十分に旨《うま》みのある話でしょう。打診《だしん》するだけしてみてもよいのでは？」

「……なら、私から話をしてみるわ」

あまり乗り気でないのか間を置いたクリスティーナだったが、強い反対材料も見つからないからか首肯した。

「ハルト様とロアナが結婚するかもしれないのですか……」

フローラが小声でぽつりと呟く。と――、

「一応、次点で第二夫人との間にできた私の娘《むすめ》もいます。年齢《ねんれい》は十四。アマカワ卿の功績を踏まえると、高位の夫人として提供するにはいささか格不足なのですが」

謙遜《けんそん》しつつもちゃっかり自らの娘を候補に挙げるユグノー公爵。

（……なるほど。こっちの提案が本命だったというわけ）

最初にさほど実現の可能性がなさそうなロアナのプランを提示して意表を突《つ》きつつ、それよりも実現可能性が高い本命の代替案《だいたいあん》を提案する。上手《うま》いやり方だ。

「いっそのことフローラを候補に、という手もあるけれど」

「え⁉」

と、驚きの声を上げるフローラ。心なしか、というより、普通に嬉しそうに見えるのはクリスティーナの見間違《みまちが》いではないのだろう。

「……冗談《じようだん》よ」

嬉しそうな反応を見せるのね、と内心で思うクリスティーナだが、それを口にすることはしない。

勇者である弘明が相手であるのならともかく、大国の高位の王族が他国に所属している貴族の正妻以外の座に就《つ》くなど流石に前例がない。仮にそんな真似をすればレストラシオンに所属する貴族達の反発も大きいだろう。

「……は、はい。ですよね」

呆《ぼ》け気味に頷くフローラ。今度は心なしか残念そうに見える。ちなみに、驚いていたのはユグノー公爵も同じだが、クリスティーナがすぐに冗談だと認めたからか、特に何かを言ってくることはなかった。

（確かに現実的なラインではあるけれど、ユグノー公爵の娘をアマカワ卿の婚約者候補として差し出すのは論外ね）

内心で一蹴《いっしゅう》するクリスティーナ。どの道受《う》け容《い》れてはもらえないだろうが、まだロアナの方が可能性はあるだろう。ユグノー公爵の娘との縁談など、どの面を下げてリオに勧《すす》めればいいのかわからないし、提案するだけでも嫌悪《けんお》感を抱《いだ》かれかねない以上、なんとしても阻止《そし》する必要がある。伝えるとしても却下《きゃっか》を前提としている旨《むね》を明らかにすることは必須だ。そのために――、

（仕方がないわね……）

「……私としては推《お》すならセリア先生をと思っているのだけれど」

クリスティーナはたっぷり逡巡してから、レストラシオンから排出するリオの婚約者候補としてセリアの名前を出した。実際、レストラシオンからリオに提供できる最も魅力的な恩賞も、おそらくはセリア関連での取り計らいであろう。

ただ、だからといってリオとセリアの関係に手を出して利用することに強い引け目を感じて、後ろ暗い気持ちに襲《おそ》われる。

　しかし、他に選択肢もない。

「セリア君ですか……。確かにレストラシオンの中ではハルト君と最も親しい人物でしょうし、伯爵家《はくしやくけ》の長女である彼女《かのじょ》なら恩賞として最低限の家格は保有していますが……」

　ユグノー公爵は難色を示すように唸《うな》る。

「何か問題があるのかしら？」

　首を傾げるクリスティーナ。すると――、

「いえ、どうも二人の間柄《あいだがら》を計りかねていまして。非常に親しいことはどう見ても明らかではあるのですが、交際しているわけではないとか。年齢はセリア君の方が五つ年上ですから、アマカワ卿がそういう対象としては認識《にんしき》していない可能性もあるのかなと」

　ユグノー公爵がそんなことを言う。

「年齢差《ねんれいさ》で二人の関係を推し量《はか》るのは失礼ではなくて？　アマカワ卿にその気があるのかも確認してみなければわからないでしょう」

　クリスティーナの声が冷ややかになった。

「……然様《さよう》ですな。失言でした」

　女性に年齢の話は禁句だったかと、ユグノー公爵は大人しく頭を下げる。

「いずれにせよ、この件は私からアマカワ卿とセリア先生に、そしてロアナにも話をするわ。必ずしも縁談に結びつくとも限らないけれど、余計な手出しをしないように。他の者にも徹底《てってい》させて頂戴《ちょうだい》。ややこしくなってアマカワ卿の不興を買いたくはないから」

クリスティーナはここぞとばかりに恩賞も兼《か》ねたリオへの婚約者選定を自分の案件にしてしまう。ユグノー公爵の娘もさりげなく除外した。

「……御意」

頷かざるをえないユグノー公爵。こうして、この場での話し合いは幕を閉じることになったのだった。

◇　◇　◇

そして、ロダニアへの出発を翌朝に控《ひか》えたその日の夜。

クリスティーナはガルアーク王国城で貸《か》し与えられた自室のリビングにロアナを招き寄せていた。フローラとの相部屋を希望したため、室内にはフローラの姿もある。

「夜分に呼び出して悪いわね」

と、クリスティーナは向かいのソファに座《すわ》るロアナに言った。

「いいえ。お招きくださり、誠に光栄でございます。こうしてまたお二人とお話をさせていただくことができ、恐悦至極《きょうえつしごく》に存じます」

そう語り、ロアナは深々と頭を下げる。

「私も幼馴染《おさななじみ》である貴方とまた会えて嬉しいわ」

クリスティーナが柔《やわ》らかく笑ってロアナに応じた。

「お二人と同じ船に乗りながら何もできなかった私にはもったいなすぎるお言葉でございます。お二人が過酷《かこく》な目に遭《あ》われていた間ものうのうと生き延びてしまい……」

ロアナは苦々しく顔を歪め、自責の念を吐露《とろ》した。

「ロアナが罪悪感を抱く必要は何もありませんよ」

フローラが困り顔で訴える。

「ええ、それはただの自惚《うぬぼ》れよ。あの場に貴方がいても何も変わることはなかった。むしろ貴方が無事だったから、私達がいなくなった後の魔道船《まどうせん》でヴァネッサの命も救われた。どうもありがとう」

クリスティーナはロアナに礼を言う。

「いえ、一命は取り留めましたが、発見が遅《おく》れて治癒《ちゆ》も長引いたせいか、意識不明の状態が続いておりました。私がロダニアを出立した際にもまだ意識は回復しておらず、あのまま目を覚まさないようであれば命の危険があるとのことでしたので……」

ロアナは後ろめたそうに応じる。

「生きているのであれば可能性はあるわ。貴方は最善を尽《つ》くしてくれた。それがすべてであり、それだけで十分よ」

「はい、お姉様の仰《おっしゃ》る通りです」

「……恐《い》れ入ります」

ロアナはただただこうべを下げ続けた。すると――、

「貴方を呼び出したのには他にも理由があるの。それについて話をしましょうか」

クリスティーナが話題を変える。

「はい」

畏《かしこ》まって頷《うなず》くロアナ。

「なかなかに複雑な事情が絡《から》み合っているのだけれど、これからする話は国と王家に対する貴方の忠誠心を高く評価してのこと。実際にそうなるのかはわからないし、リスクもあることだから、貴方の自由意思も踏まえた上で判断したいと思っている。それを踏まえて聞いてほしい話よ」

「……何のお話なのでしょうか？」

クリスティーナから入念に前置きされ、ロアナは不思議そうに首を傾《かし》げた。

「実はユグノー公爵の推薦《すいせん》もあって、レストラシオンからアマカワ卿に対する恩賞として貴方を婚約者《こんやくしゃ》にしてみてはどうかという話が出たの」

「………わ、私が、アマカワ卿の婚約者に、ですか？」

ロアナはたっぷり間を置いてから、狼狽気味に確認した。

「組織に所属していただくことはできなくとも、アマカワ卿とは強い繋《つな》がりを持つべきという判断が前提にあっての話よ。けど、仮に婚約者を恩賞とする場合、アマカワ卿の功績を踏まえると生半可な家の令嬢との婚約《こんやく》では釣り合いが取れないのよ。ベルトラム王国三大貴族の一角を占《し》めるフォンティーヌ公爵家の長女である貴方なら、確かに不足はないでしょうね」

と、クリスティーナは少し悩《なや》ましそうに説明する。

「で、ですが、私は……」

「ええ。まだ公表こそされていないけれど、貴方はヒロアキ様の婚約者候補としてその世話役の任に就いている。けど、ヒロアキ様は非常に気の多いお方。正妻の選定こそお認めになっていただけたけれど、夫人の序列付けには難色を示されているそうね」

「……はい」

「貴方なら当然理解しているでしょうけど、夫人の序列付けをしないというのは好ましいことではないわ。ヒロアキ様が明確に嫌悪感を示されたとのことだから、時間を置いて弊害を知ってもらった上で説得を試みるという話だったけれど……。もしそれでも順位付けを拒《こば》まれたとしたら、一人一人の夫人がどれだけの恩恵を与えることができるのかはわからないわ。フォンティーヌ公爵家の長女である貴方であってもね」

という、クリスティーナの的確な指摘を――、

「…………」

ロアナは否定せず、悩ましそうに押《お》し黙る。

「まだ協議すら行っていない状況だけど、フランソワ国王陛下もアマカワ卿には自国との結びつきを強めるために相当に有力な婚約者と婚姻を結んでもらいたいと考えているでしょうね。だから、仮に貴方がアマカワ卿の婚約者候補に立候補したとしても、その人物よりも上の順位の夫人になれる可能性は低いでしょう」

公爵家の長女が正妻以外の順位に落ち着くなど、結婚相手が勇者か大国の国王でもない限りはまずありえない話だ。ハルト＝アマカワという人物はそのいずれでもない。

しかし、にもかかわらずクリスティーナがハルト＝アマカワという貴族との婚約話を持ちかけてきた意味。それがわからぬロアナではない。

「今のアマカワ卿の第二夫人、第三夫人程度に収まることができるのであれば、ヒロアキ

様の数多く存在する側室の一人でいるよりはより大きな恩恵を授かることができるかもしれない。そういうことでしょうか？」

「そう思わせるだけの実績と魅力、そして立場が今のアマカワ卿にはあるわね」

だからこそ悩ましいのか、クリスティーナは嘆息《たんそく》して首肯する。そして——、

「けれど、正直なところ私はアマカワ卿に対する恩賞をレストラシオンに所属する有力貴族との縁談にしたくはないの」

と、自分の本心を吐露した。

「……それは、どうしてでしょうか？」

「貴方だから包《つつ》み隠《かく》さずに教えるけど、縁談を振ってもアマカワ卿には迷惑だと思われる可能性が極《きわ》めて高いと思っているから。それでも婚約者を差し出すのだとしたら、現実的に考えて最も可能性が高いのはセリア先生しかいない。貴方には悪いけど、私はそう思ってセリア先生を推しているわ」

「ご教示くださり、ありがとうございます」

ロアナは深々と頭を下げる。自分にとって不都合な情報でも誤魔化《ごまか》さずに教えてくれることこそ、クリスティーナからの信頼《しんらい》の証に他ならないと思ったからだ。

「貴方《あなた》がアマカワ卿の婚約者に立候補するとして、問題となるべき事柄《ことがら》はいくつもある。

アマカワ卿が縁談を受けてくれる可能性は低いし、立候補してしまえばその時点でヒロアキ様の不興を買ってしまうかもしれないし、セリア先生が立候補してくる可能性がある。仮にアマカワ卿が承諾《しょうだく》してくれたとしても、ガルアーク王国との協議次第《しだい》では貴方が下位の夫人になってしまう恐れがある」

と、クリスティーナはまず現実的な問題点を列挙していき――、

「けれど、他ならぬ貴方がそれでもと強く希望するのなら、貴方もレストラシオンを代表する婚約者候補の一人として扱い、まずはフランソワ国王陛下に話を通してみてもいいとも思っている。これは貴方という貴族にとっての立身出世のチャンスでもある。相手が他ならない貴方であるからこそ、私は結論を貴方の意思に任せるわ」

そう語り、ロアナの意思を確かめようとした。

「……突然《とつぜん》のお話で、正直、混乱しております」

と、ありのままの心情を語るロアナ。即《そく》辞退することをしないのは、彼女もまた、未婚《みこん》の貴族令嬢《れいじょう》であるからか……。

ベルトラム王国では一部の例外的な場合を除いて貴族の離婚《りこん》は認められていない。ゆえに、嫁いだ相手には自らの生涯《しょうがい》と持てるすべてを捧《ささ》げて尽くし、貴族として運命を共にする覚悟《かくご》がいるわけだが、だからこそ誰と結婚するかで人生が決まってしまう。

加えて、今のロアナは極めて不安定な立場に置かれている。新国王派の筆頭であるフォンティーヌ公爵《こうしやく》家の主要人物はロアナを除いて全員がベルトラム王国本国にいて、中にはアルボー公爵に難癖《なんくせ》をつけられて反逆者として軟禁《なんきん》されている者もいるのだ。

王族であるクリスティーナとフローラからの信頼が厚いおかげでレストラシオンという組織の中で今の立場を築き上げることができているが、家という後《うし》ろ盾《だて》がなく、出奔《しゆつぽん》にあたって持ち出した財にも限りがある以上、今のロアナが自由に活用できる手札は公爵家の長女であること、すなわち家柄《いえがら》しかない。

今後の状況によってはフォンティーヌ公爵家の命運をロアナが一身に担《にな》うこともありえる以上、誰と婚約するかは彼女だけでなく、お家の存続すらも左右する重要な出来事になりうる。

今はレストラシオンに所属する自分がお国と王家のために何ができるのか、そしてベルトラム王国本国で危《あや》うくなっているフォンティーヌ公爵家のために何ができるのか、ロアナは混乱する頭で必死に考える。すると――、

「当のヒロアキ様がロザリー姫を正妻にすると仰り、レストラシオンという組織から距離《きより》を置こうとしているようにも見える今、貴方が悩むのは当然だと思うわ。今この場ですぐに答えを出す必要があるわけではないから、今後のヒロアキ様の動向も踏まえた上で決め

るといいわ」

クリスティーナが猶予を与える。正直、クリスティーナから見て弘明は今のままでは服用が危険な劇薬だ。それを踏まえても魅力的にすぎる存在であることは確かだが、無理に繋《と》ぎ止めることはしたくない以上、手放すことも視野には入れている。だが――、

「……いいえ。ヒロアキ様のお心がどこに向かわれているのかわからないからこそ、私がヒロアキ様をレストラシオンに繋ぎ止めることができればと存じます」

ロアナはたっぷりと深呼吸をしてから、そう告げた。

「…………任せてもいいの？　大役よ？」

クリスティーナはじっとロアナを見据《みす》えてから問いかける。

「はい。このお役目、今のレストラシオンに所属する貴族令嬢の中で、私を除いて他の誰にできましょうか？」

と、ロアナは決然と頷いて答えた。

「……そうね、私もそう思うわ」

「では、私にお任せくださいませ」

「わかった。……レストラシオンに貴方がいてくれて良かった。私とフローラがロダニアへ戻《もど》っている間、ヒロアキ様のことは任せるわよ、ロアナ」

クリスティーナはそう語り、ロアナにフッと微笑《ほほえ》みかける。

「御意。お任せください」

ロアナは恭《うやうや》しく頷く。

(仮にヒロアキ様がレストラシオンを去るようなことになっても、この子には最高の婚約相手と結婚してもらう必要があるわね)

それは自分の責任でもあると、クリスティーナは密《ひそ》かに誓《ちか》った。

【間章】 ルビア王国にて

時は四日ほど遡《さかのぼ》る。

リオ達《たち》がルビア王国のとある砦《とりで》から逃走《とうそう》した直後のことだ。リオがクリスティーナとフローラを抱えて飛び去ったことを確認すると——、

「あー、ありゃ勝てねえわ。くそっ、忌々《いまいま》しい……」

アレインが地面に剣《けん》を突き刺《さ》し、強く疲弊《ひへい》した様子で呟《つぶや》いた。そして——、

(ルッチとヴェンの野郎《やろう》は大丈夫《だいじょうぶ》か？)

城壁《じょうへき》に叩《たた》きつけられて地面に倒《たお》れている同僚達《どうりょうたち》を見る。二人とも剣に込められていた身体強化魔術《まじゅつ》で肉体の強度を上げて防御力《ぼうぎょりょく》を上げてはいただろうが、なかなかに容赦《ようしゃ》のない攻撃《こうげき》をリオからもらっていた。

下手《へた》をすると死んでいるか、少なくとも意識は完全に失っているようなので、容態を確かめに行こうとしたが——、

「おい！」

すぐ傍《そば》に立っていた勇者、菊地蓮司《きくちれんじ》が怒《いか》りを滲《にじ》ませてアレインに声をかけた。

「あん？」

「何なんだ、あの化け物のような男は⁉」

「言っただろう。お前を倒した団長を殺した野郎で、俺《おれ》らの敵だ」

「なんで空を飛べる⁉」

「知るかよ。魔剣《まけん》の力だろ」

少しは自分で考えろと、アレインは億劫《おっくう》そうに答える。すると――、

「おい、アレインといったな！」

上空からグリフォンに乗ったシルヴィが降りてきた。

（今度は王女様かよ）

アレインはこれまた面倒《めんどう》くさそうに溜息《ためいき》をつく。すると――、

「いやはや、なかなかに手酷《てひど》くやられてしまったようですね」

レイスが城壁内部の中庭を見回しながら、砦の中から出てきた。

地面が抉《えぐ》れていたり、凍《こお》り付《つ》いていたり、無数の矢が刺さっていたりと、中庭はすっかり荒《あ》れ果《は》てている。城壁の上に控えていた弓兵達は戦闘《せんとう》の余波で吹《ふ》き飛《と》ばされそうになったせいか、中には腰《こし》を抜《ぬ》かしかけている者の姿も目立った。

「レイス……」

シルヴィがレイスを睨《にら》みつける。

「残念ながら取《と》り逃《に》がしてしまいましたが、やむを得ませんね。アレイン、貴方はルッチとヴェンの様子を見てきなさい」

と、レイスは実に飄々《ひょうひょう》とした口調で語る。指示を受けたアレインは「はい」と返事をしてさっさと立ち去ってしまう。

「ふざけるなっ！　この作戦を立てたのは貴様ではないか!?　足手まといの王女二人と共に砦の中庭に封《ふう》じ込めればこちらの勝利は揺るぎないと、貴様が……」

シルヴィの怒りの矛先《ほこさき》がレイスへ向かう。

リオ達が砦の中庭に入り込んだところで門を閉じ、城壁上の弓兵達で囲い込み、手練《てだ》れの蓮司やアレイン達で勝負を挑《いど》む。戦闘が始まった後、砦の外に潜《ひそ》んでいた空挺騎士団《くうていきしだん》が上空を封鎖《ふうさ》すれば逃げ道《みち》は完全になくなる。後はじり貧であるから、リオ達の投降を待つだけ。そのはずだった。

だが、そうはいかなかった。

「シルヴィ王女殿下もご納得の上の作戦だったと思うのですが？」

「ハルト＝アマカワという男の戦力が規格外すぎる。あまつさえ王女二人を抱えて空を飛べるなどと知っていれば……」

作戦には反対したはずだ。

「彼が強いのはご存じだったはずでしょう？　ガルアーク王国の夜会での活躍《かつやく》は殿下《でんか》も目《もく》撃《げき》なさっていましたし、勇者レンジを倒したルシウスを殺した人物であることもお伝えしました。彼が手強《てごわ》いからこそ貴方に協力を打診したわけですし」

（まあ、こんな砦の内壁《ないへき》に閉じ込めた程度の包囲網《ほういもう》で彼を封じ込められるとは微塵《みじん》も思ってはいませんでしたけどね）

もとより逃げられることを想定した作戦だったので、レイスは特に焦《あせ》ることもなくのらりくらりと受け応える。

「くっ……」

歯噛《はが》みするシルヴィ。ハルト＝アマカワという人物の実力を過小評価していたわけではないが、もっと過大評価しておくべきだったのだと思い知る。

（これでルビア王国は勇者レンジの存在とは関係なく、プロキシア帝国《ていこく》に寝返《ねがえ》るしかなくなった。勇者レンジもシルヴィ王女とエステル王女がこちらの勢力にいる限り敵に回ることはない。ガルアークとレストラシオンの警戒心《けいかいしん》をルビア王国に分散させることもできるでしょうし、最高の結果ですね）

と、レイスが密かにほくそ笑《え》んでいると――、

「ハルト＝アマカワ……。あの男も勇者なのか？」

蓮司が険しい面持《おもも》ちで疑問を口にした。

「違《ちが》うと思いますが、なぜそうお思いに？」

レイスが訊《き》き返す。

「……別に」

蓮司はぽつりと呟き――

（どう考えても日本人の名前だ。だが、日本人の顔でもなかった。あいつも転移者なのか？）

リオの正体について想像を巡《めぐ》らせる。だが、そんなことはどうでもいいのだ。それよりもっと気になることがある。

（勇者でないのならなぜ俺よりも強い？　ルシウスという男もそうだった。勇者以上にチートな力がこの世界には存在するというのか？　なぜ俺はこんなに……）

弱いのか？　それが悔《くや》しい。

だから、シルヴィやエステルを守ることができなかった。ルシウスに負けてしまった。ハルト＝アマカワという男を倒すこともできなかった。

結果、惨《みじ》めな思いをしている。それが悔しくて、憎《にく》くて、今にも腸が煮《に》えくりかえりそうで――、

(俺は弱いっ……！)

蓮司は怒りで密かに身体を震《ふる》わせていた。

憎い。己《おのれ》の弱さが憎い。姫《ひめ》二人を見事に守ってみせたハルト＝アマカワという男もなんだか無性《むしよう》に気にくわない。

(もっと力が必要だ。俺は強くなる。最強になる。それこそこの世界の連中が俺に刃向《はむ》かおうとは思わないほどの力がいる……)

自分の名を告げるだけで相手が怯《ひる》み、戦闘を避けようとする。手出しをしようだなんて思わせないくらいに強くなければならない。自分が自分らしくあるためにはそんな存在になる必要があるのだと、蓮司は密かに決意する。と――、

「シルヴィ王女殿下！」

城壁の上で弓兵達を指揮していた砦の責任者、マルコ＝トンテリが慌《あわ》てた様子で中庭に降りてきた。リオの強さに気圧《けお》され、城壁の上で腰を抜かしていた彼《かれ》だったが――、

「ま、まずいですぞ！　これはまずいですぞ！　ベルトラムの第一王女と第二王女を襲撃《しゆうげき》したなどと知られたら。これは同盟国であるガルアークやレストラシオンに対する宣戦布

告と同義です」

と、マルコは至極《しごく》まっとうなことを口にして危機感を示す。

「黙《だま》れ、トンテリ。そんなことはわかっている」

シルヴィは不機嫌《ふきげん》そうにマルコを一蹴する。

「即開戦ということにはなりえませんよ。今回の一件を受けて彼《か》の国達もルビア王国がプロキシア帝国に寝返ったと考えるはず。今のシュトラール地方は絶妙《ぜつみょう》なバランスで均衡《きんこう》状態を保っていますからね。まあ、何かしらの強い圧力はかかってくるでしょうが、そこは我《わ》が国《くに》が支援《しえん》しますのでご安心を」

レイスが愛想《あいそ》良く、だが無機質にも感じる声で明るくフォローを申し出た。

「何を仰《いぶか》っているのだ、ベルナール卿……？」

マルコは訝しそうにレイスを見る。ベルナールというのは、レイスがルビア王国で活動する際に名乗る貴族としての家名である。すなわち、マルコはレイスの正体を知らないわけで――、

「実は私、プロキシア帝国にも籍《せき》を置く貴族でして」

「なっ……」

レイスが自らの素性《すじょう》を打ち明けると、マルコはあんぐりと口を開く。

「いずれにせよ今後は一蓮托生《いちれんたくしょう》の間柄です。プロキシア帝国とルビア王国。手を取り合って仲良くやっていきましょう」

「…………………」

顰《しか》めっ面《つら》で押し黙るシルヴィと、唖然《あぜん》としているマルコ。場の雰囲気《ふんいき》にそぐわぬレイスの朗《ほが》らかな声が鳴《な》り響《ひび》く。

（こいつはサイコパスなのか？）

蓮司は不気味そうにレイスを見つめている。と――、

「レンジさんはしばらく私と行動してもらいましょうか」

そのレイスから蓮司に声がかけられた。

「……俺に何をさせるつもりだ？」

「貴方にはもっと強くなってもらいます。他の勇者達もそうですが、今の貴方はその神装の力をほんの一割も引き出せていませんからね」

「何？」

「私なら貴方をもっと強くしてあげることができると言っているんです」

「……なぜお前にそんなことができる？　いや、仮にそれができるとして、なぜ俺を強くする？」

蓮司が胡乱《うろん》げな眼差《まなざ》しでレイスを見る。

「貴方は今後、私のもとで働くことになるのですよ？　だから貴方にはもっと強くなってもらう必要がある。今後は協力関係を築くわけですし、貴方を強くするのは信用の証でもあるというわけです」

と、レイスは朗々と答えた上で「強くなりたくはありませんか？」と問いかけた。果たして——、

「……いいだろう」

蓮司は強さを求めて、首を縦に振《ふ》ったのだった。

間章　セントステラ王国にて

ガルアーク王国の南方に位置するセントステラ王国。

その王城のとある一室で。

千堂亜紀《せんどうあき》は夢を見ていた。子供の頃《ころ》の夢——今からもう九年も前、春人《はると》と亜紀の両親が離婚する前の夢を。

亜紀は思う。あの頃の自分はお兄ちゃん子であり、お姉ちゃん子であった、と。

当時の天川《あまかわ》家は両親が共働きで子供達にあまりかまってやることができなかった。そんな両親の代わりに幼い亜紀の面倒を見ていたのが年上の春人と美春《みはる》だったのだ。

だから、亜紀が春人と美春をお兄ちゃんお姉ちゃんと慕《した》うのは当たり前のことだったのかもしれない。

春人と美春はいつも仲良しで、亜紀から見て二人は理想の兄と姉だった。仲が良すぎて時折二人だけの空間を築くこともあったが、そうして二人が幸せそうに遊んでいる姿を見るのが亜紀自身たまらなく好きだった。

「お兄ちゃん、お姉ちゃん」

ふと気づくと、夢の中で、幼い亜紀は春人と美春のことを呼んでいた。不思議だ。普段《ふだん》ならその人物を少しでも兄として連想するだけで複雑な思いがあふれ出てくるのに、今は少しも嫌《いや》な感じがしない。いや、今の亜紀は子供の頃に戻っているのだ。複雑な気持ちなんて何も抱いていなかった、純粋《じゅんすい》だったあの頃に……。

亜紀の目の前にはぼんやりとした幼い春人と美春の姿があった。周囲は漆黒《しっこく》の闇《やみ》に覆《おお》われているが、亜紀達《たち》がいるところだけ空白の空間になっている。

すぐ傍には幼い日に春人や美春と一緒《いっしょ》に遊んでいたおままごとの道具もあった。三人でおままごとをする時は春人と美春が夫婦《ふうふ》役で、亜紀は常に娘役がいいと率先《そっせん》して申し出ていた記憶《きおく》が懐《なつ》かしい。そうすれば大好きな二人に甘《あま》えられるから……。

二人に甘えられるのは亜紀だけの特権だったのだ。となれば、この状況《じょうきょう》で亜紀がしたいことは一つしかない。

「お兄ちゃん、お姉ちゃん、おままごとしよ！　私、子供の役ね！」

こう言えばいつだって春人と美春は応じてくれる。

「いいよ」

「やろう、亜紀ちゃん」

ほら——春人と美春が笑みを浮《う》かべ、首肯《しゅこう》してくれた。

三人一緒、笑顔《えがお》で仲良くおままごとをする。こんな幸せな時間がいつまでも続けばいいのに……。と、亜紀はいつだってそう思っていた。

「今日はこのまま三人でお泊まりしたいなぁ」

夢の中の亜紀がおもむろに呟いた。

すると、春人と美春が顔を見合わせる。

「駄目《だめ》だよ。明日はお休みじゃないだろ」

と、春人が困り顔で亜紀の説得を試みた。

「ええー。でも、お兄ちゃんとお姉ちゃんと三人で並んで寝《ね》たいよ」

亜紀が寂《さび》しそうな声音《こわね》でしゅんとする。

春人とも、美春とも、亜紀はもっともっと一緒にいたいのだ。嫉妬《しっと》するくらい仲良しな二人だけど、決して亜紀をのけ者にせず、優《やさ》しく受け入れてくれる二人と。

「うーん。でもお泊《と》まりしていいのは次の日がお休みの日だけだからなぁ」

「ハルくん、何とかならないかな？」

悩ましげに語る春人に、美春がおずおずと頼《たの》んだ。

「みーちゃんがそう言うんなら、何とかしたいけど……」

春人は逡巡《しゅんじゅん》するように唸ると――、

「じゃあ今日は俺の部屋で一緒に寝るか、亜紀？」

と、亜紀に提案した。

「え、いいの？」

亜紀の表情がパッと明るくなる。

「いいけど、亜紀、いつも父さんと母さんと一緒に寝ているだろ。夜中に起きて泣かないか？」

「な、泣かないもん！　お兄ちゃんが一緒に寝てくれるなら大丈夫だもん！」

「じゃあ、いいよ。一緒に寝ようか、亜紀」

顔を赤くして恥《は》ずかしそうに否定する亜紀に、春人が微笑みかけた。すると、二人の会話を横で眺《なが》めていた美春が――、

「ず、ずるい。亜紀ちゃん……」

ぼそりと、呟いた。

「みーちゃんまで亜紀と一緒になってどうすんだよ」

春人が呆《あき》れ顔《がお》になる。

「むぅ、そうだけど……」

「じゃあ次の休みの日はみーちゃんがうちに泊まりに来なよ」

「本当？」

「ああ本当だよ」

「えへへ」

美春は嬉《うれ》しそうに顔をほころばせた。

「その時は私も一緒に寝ていい？」

亜紀がおそるおそる二人に尋《たず》ねる。

すると、春人と美春は笑顔で声をそろえて——、

「うん、いいよ」

と、答えたのだった。

「えへへ、約束だよ」

「ああ、約束だ」

「お兄ちゃんも、お姉ちゃんも、ずっと私と一緒にいてね」

亜紀が無邪気《むじゃき》に破顔してお願いする。

「わかったよ」

「うん、一緒にいるよ。亜紀ちゃん」

などと、春人と美春も満面の笑みで頷いたところで——、

「お兄ちゃん？　お姉ちゃん？」

突然、周囲が漆黒の闇に覆われた。自分以外は何も見えない。亜紀が不安そうに二人を呼ぶと——、

「亜紀」「亜紀ちゃん」

暗闇《くらやみ》の中で、春人と美春の声が聞こえた。

（ああ、お兄ちゃんと、美春お姉ちゃんだ……）

亜紀が喜び、ホッと安堵《あんど》する。

しかし、その瞬間《しゅんかん》——、

「……っ⁉」

亜紀はハッと目を覚ました。

「夢……」

と、ベッドで上半身を起こし、独《ひと》り言《ご》ちる亜紀。

なんだか途端《とたん》に夢から覚めた気がした。いや、本当に夢から覚めたのだ。だって、美春も、春人も、亜紀がいるセントステラ王国城にはいないのだから……。

というより、かつて天川春人だった人物はもう死んでいる。けど、生きてもいる。この

世界で生まれ変わって、今は美春と一緒にどこかで暮らしているはずだ。

（なんで私、こんな夢を見て……）

春人と遊んで、春人の声を聴《き》いて、喜んでしまったのだろう。夢の中とはいえ、いったいどうして……？　と、亜紀は苦虫を噛《か》み潰《つぶ》したような顔で考えた。瞬間、様々な思いや考えが脳裏《のうり》をよぎる。

――アイツは約束を守ってくれなかった。三人で一緒にいてくれるって、言ったのに。ずっと一緒にいてくれるって、約束してくれたのに。

――美春お姉ちゃんは約束を破らなかった。お母さんが離婚した後も私の傍にずっといてくれた。ふさぎ込んでいた私の手を握《にぎ》って毎日一緒にいてくれた。

――アイツとは違う。

――けど……。

「美春お姉ちゃんもいなくなっちゃった……」

亜紀は泣きそうな顔で、救いを求めるように呟いた。

亜紀だってわかってはいるのだ。何年も自分が抱《かか》えてきた感情が逆恨《さかうら》みだということくらい。でも、理屈《りくつ》と感情は違う。

だから、ずっと逆恨みし続けてきた。正当性は自分にあるのだと、信じ続けてきた。自分が間違《まちが》っているなんて、思いたくなかった。

だけど、今は……。

亜紀は誰《だれ》かを探すように視線をさまよわせてから、落胆《らくたん》したように窓の外を見た。外はもう明るい。

「……朝」

現在、亜紀や雅人《まさと》は勇者である貴久《たかひさ》の妹弟《きょうだい》として、国賓待遇《こくひんたいぐう》でセントステラ王国城に滞《たい》在《ざい》している。することは……特にない。

亜紀はガルアーク王国城での一件以来、引きこもりがちになってしまった貴久の部屋を毎日訪《おとず》れるようにしているが、一緒にいられる時間はあまり多くない。

当の貴久が一人でいることを好むようになってしまったのだ。義妹《ぎまい》である亜紀にはかなり気を許しているが、以前のように会話がもたず気まずい雰囲気になり、少し一人になりたいからと言って亜紀に部屋から出て行くようにと告げてしまう。だから、亜紀が自分から貴久の部屋を訪れない限り、部屋の外で貴久と顔を合わせることは滅多《めった》にない。

代わりに、義弟《ぎてい》である雅人といる時間は増えるようになっていた。雅人はセントステラ王国に来ても剣の修練を続けたいと修行《しゅぎょう》に打ち込んでいるが、塞《ふさ》ぎ込みがちな亜紀との時間を積極的に作ろうと思っているのか、修行以外の時間は亜紀のもとを訪れてくることが多くなっているのだ。

　岩の家にいた頃は……というより、日本にいた頃から雅人とはべたべたで親しい姉弟《してい》関係というわけではない。思春期の姉弟にありがちな皮肉や軽口を叩き合《あ》う仲で、二人だけで仲良く会話を続けるようなことはなかった。だが、ここ最近の雅人はたとえ無言の時間が続いても亜紀の傍に居続けてくれるようになっていた。

　それがありがたくて、亜紀も貴久の部屋を訪れる時間以外は、自然と雅人といる時間が増えるようになった。気がつけば、雅人のもとを訪れるようになっていた。

「……雅人は今日も朝の訓練をしているのかな」

　亜紀はぽつりと呟くと、着替《きが》えを済ませてお城の稽古場《けいこば》へ足を運んでみることにした。

◇　◇　◇

　セントステラ王国に来てから、亜紀が雅人と一緒にいる時間が増えている一方で、雅人と貴久が一緒にいる時間はいっこうに増えずにいた。

　異世界に迷い込んでようやく家族で再会できて、お城の中で一緒に暮らしているというのに、ガルアーク王国城でのあの一件以来、三人が揃《そろ》って笑う時間は一秒として存在していない。

理由は雅人と貴久の兄弟仲が悪化していることにある。というのも、セントステラ王国へ来た当初こそ雅人は引きこもりがちな貴久の部屋を頻繁《ひんぱん》に訪れていたが、ガルアーク王国で事件を起こしたことに後ろめたさがある貴久と、そんな貴久にだいぶ思うところがある雅人との間で激しい口喧嘩《くちげんか》が発生してしまったからだ。

それでも雅人は貴久の部屋を訪れ、顔を合わせる度《たび》に口喧嘩《くちげんか》を繰《く》り広《ひろ》げていたのだが、それが良くなかったのか現在は冷戦状態となっており、亜紀が把握《はあく》している限りでここ三週間は一度も顔を合わせていない。だからか――、

（私が二人の仲を取り持たなきゃいけないんだよね……）

と、稽古場まで足を運ぶ道中で、亜紀は暗い表情で考える。ここ最近は一人でいる時もそうでない時も、ネガティブなことばかり考えるようになっていた。すぐ傍には亜紀を護衛する女性騎士《きし》がいるのだが、特に会話はない。そうこうしている間に、気がつくと王城の敷地内《しきちない》にある稽古場にたどり着いたのだが――、

「何なんだよ、雅人！　朝っぱらからこんな場所に連れてきて！」

「兄貴が何日も部屋から出てこないのが悪いんだろ！　そんな生活してたら身体《からだ》を壊《こわ》すってわからないのか？　そうでなくてもここ最近、亜紀姉ちゃんが塞ぎ込みがちだってのに

よ。兄貴は兄貴のくせに何日経《た》ってもうじうじと、うじうじと」

貴久の怒声《どせい》が響いてきた。どうやら雅人もいるらしく、口論しているようだ。亜紀は慌てて駆《か》け出《だ》し、稽古場へ入っていった。すると――、

「アキ様……、おはようございます」

セントステラ王国の第一王女であるリリアーナが亜紀の存在にすぐ気づき、近づいて語りかけてきた。

「おはようございます、リリアーナさん。これはいったい……？」

稽古場の入り口から少し離《はな》れた場所で睨み合い口喧嘩をしている貴久と雅人を見て、亜紀が尋ねた。

「朝、稽古《けいこ》に向かう前のマサト様と城内ですれ違ったのですが、その時にタカヒサ様の話題が出まして……」

もう何日も貴久が部屋から一歩も出ていないという話を聞き、雅人が憤慨《ふんがい》して貴久の部屋へ突撃《とつげき》したのだ。リリアーナは苦々しく顔を曇《くも》らせる。

「俺と亜紀姉ちゃんの兄貴なら、兄貴らしいところを見せてくれよ」

「兄貴らしいことって何だよ？　ずいぶんと好き勝手言ってくれるけど」

苦い柿《かき》でも口にしたように、渋《しぶ》っ面《つら》になる貴久。

「そういうとこだよ。ハルト兄ちゃんはいつだって俺達《おれたち》のことを一番に考えて行動してくれていた。けど、兄貴は自分のことばかりだ。ガルアーク王国でも、この国に戻ってきてからも、ずっと自分のことばかりだ。俺や亜紀姉ちゃんがなんでこの国まで一緒に付いてきてやったと思っているんだよ」

「口を開けばハルト、ハルト、ハルトと……」

雅人がハルトの名を出して感情的に訴《うった》えると、貴久の顔がより険しくなった。ただ、この程度の口喧嘩はまだまだ生ぬるい方で、以前にもっと激しい口喧嘩を繰り広げたことがある。だからこそ、互《たが》いに顔を合わせないようになってしまったわけだ。

「……………」

亜紀はその場を動くことができず、兄弟喧嘩を静観している。「止めてよ」と言ったところで効果がないのは目に見えている。というより、止めるべきなのかどうかも、もはやわからなくなってしまっているといった方が正確か。

実際、これまでに亜紀は何度も喧嘩を止めようとしたが二人の関係は険悪なままだし、単に止めるだけでは何の意味もない。それを悟《さと》ってしまっているのだ。

けど、だからといって何をどうすれば良いのかはわからなくて……。亜紀の表情からはすっかり自信が抜け落《お》ちていた。すると——、

「剣を取れよ、兄貴」

　雅人が不意にそんなことを言った。

「何？」

「俺と手合わせをしろって言ってんだ」

「何を馬鹿《ばか》なことを言っている。そんな真似《まね》をして何になるっていうんだ」

「逃げるなって言っているんだ」

「逃げる？　俺がいつ逃げた？　俺は逃げてなんていない！」

　貴久は次第《しだい》にムキになっていく。

「じゃあ俺と手合わせしろよ。で、俺が勝ったら逃げんな」

「だから、俺は逃げていないと……」

「逃げているじゃねえか。部屋に引きこもってよ。俺からも、亜紀姉ちゃんからも、リリアーナ姫からも逃げている。兄貴のことを心配しているみんなから逃げている」

「なんだと……？」

　と、何か反駁《はんばく》しようとする貴久だが、具体的な言葉は何も出なかった。すると、雅人が先に次のような言葉を発してしまう。

「逃げてないってんなら、俺と手合わせをしてくれるよな？」

「…………………………」

「なんだよ、やっぱり逃げてんじゃねえか。情けねえ」

雅人はふんと鼻を鳴らして嘲笑《ちょうしょう》する。だが――、

「……いいだろう。手合わせをしてやるよ」

腹をくくったのか、あるいは雅人には負けないと思っているのか、貴久が低い声で申し込みを承諾《しょうだく》する。

「決まりだな。ほらっ」

雅人が二つ手にしていた模擬《もぎ》剣《けん》の一つを、貴久に向けて放《ほう》り投《な》げた。

「ふん」

貴久は地面に転がった模擬剣を不機嫌そうに拾う。すると――、

「キアラ。貴方《あなた》が審判《しんぱん》を務めなさい」

リリアーナが軽く息をついてから、すぐ傍に控《ひか》えていた女性の護衛騎士であるキアラに命じた。

「承知しました」

キアラは粛々《しゅくしゅく》と頷《うなず》くと、歩きだして二人のもとへ近づいてく。こうして、二人の手合わせが行われることになった。

◇　◇　◇

広大な稽古場の一角で向かい合う貴久と雅人。雅人が片手剣と盾《たて》を装備しているのに対し、貴久は片手半剣を両手で掴《つか》んでいる。

「負けた時に手を抜いていたとか言い訳するなよな、兄貴」

と、雅人が貴久に言う。それは挑発《ちょうはつ》というよりは、確認《かくにん》の意味合いが強いような物言いであったが――、

「俺と雅人は四つも歳《とし》が離れているんだぞ。まだ子供の雅人に俺が負けるはずがない」

貴久は気分を害したのか、ムッとした口調で返す。

「ふん。どうだかな。部屋に引きこもってばかりいるくせに」

俺がどれだけ強くなっているのか、兄貴は知らないだろう？　と、今度は挑発《ちょうはつ》の意図を込めて雅人が言う。

「……舐《な》めるなよ？」

貴久がさらに気分を害する。

「両者。熱くなりすぎないよう、ご注意を。純粋な剣技のみで勝敗を競《きそ》ってください。危

険だと判断した場合は即《そく》中断しますので」

　審判を務めるキアラが両者の間に立ち、小さく溜息をついてから、二人をとりなすように語った。

「いつでもいいぜ、キアラさん」

　と、雅人が剣と盾を隙《すき》なく構えて応《こた》える。

「…………」

　貴久は沈黙《ちんもく》を貫《つらぬ》いているが、こちらも準備は万端《ばんたん》らしい。険しい面持ちで雅人を見据《みす》えて剣を構えていた。

「……始め！」

　キアラが試合開始の合図を出す。

　と、同時に貴久が上段で剣を構え、雅人に向かって突進《とっしん》していった。雅人の実力や出方を探《さぐ》るつもりなどなく、早々に勝負を決める腹づもりらしい。それは自分の方が強者であると確信しきっているからこその行いである。が――、

「見え見えなんだよ！」

　雅人が貴久の剣を振ろうとしたタイミングを見計らい、前へと踏《ふ》み込んだ。盾を構えて突進し、振り下《お》ろしが不十分な貴久の剣をはじき返してしまう。雅人は踏み込んだ勢いを

利用し、盾で隠《かく》すように構えていた剣《けん》の柄頭《つかがしら》で貴久の胴体《どうたい》を軽く突《つ》く。

「ぐっ……」

大した威力《いりょく》ではなかったので痛みは感じなかったが、貴久が勢いに押《お》されて後方へたたらを踏んでしまう。

「騎士同士の試合なら今ので有効打になるんだけどな。まあ、ノーカウントでいいぜ。これで終わったらあっけなさすぎる」

と、貴久に猶予《ゆうよ》を与《あた》える雅人。

「………………」

自分よりも弱いと思っていた相手に恥《はじ》をかかされたからか、貴久の怒気《どき》が強まった。

「ほら、来いよ」

雅人は軽《かろ》やかにバックステップを踏んで油断なく距離《きょり》を置きながら、貴久の闘争心《とうそうしん》をたきつけた。直後――、

「っ！」

貴久が雅人へ向かって再突進する。かくして第二ラウンドが始まった。一方で――、

「どう、ヒルダ？」

亜紀と並んで観戦しているリリアーナが、護衛騎士の隊長を務めるヒルダという女性に

問いかけた。

「構えを見た時点でマサト様の方が剣を握り慣れていることがわかりますね。動きも無駄《むだ》がなく、実に実戦慣れしている。本人の努力あってこそですが、素晴《すば》らしい才能です。我が国へいらっしゃる前に剣を師事していたアマカワ卿《きょう》の教えも良かったのでしょう」

ヒルダは貴久の腕前《うでまえ》については言及《げんきゅう》せず、雅人のことを高く評価する。というより、ヒルダは雅人と手合わせをすることがあるからこそ、その才能をよく理解している。

加えて、雅人はリオの教えを実戦し、反復訓練と手合わせを毎日、飽《あ》きもせず根気よく行っている。毎日欠かさず反復練習することは職業軍人でもなかなかできないことだ。

「お兄ちゃんが押しているように見えますけど……」

亜紀が二人の戦いを眺めながら言った。第二ラウンドが始まってからまだほんの十数秒しか経っていないが、今は体格で勝《まさ》る貴久が剣を振り回《まわ》し、雅人を圧倒《あっとう》しているように見える。

「タカヒサ様の攻撃《こうげき》はすべて見切られてマサト様に防御《ぼうぎょ》されているんです。腕力《わんりょく》に任せてあれだけ雑に剣を振るい続ければすぐに消耗《しょうもう》する。マサト様はそれを待っているのでしょう。実に冷静だ」

そういうところも実戦慣れしているのだと、ヒルダは指摘《してき》する。実際、雅人は盾を上手く用いて見事に貴久の攻撃を捌《さば》いていた。

（あれは戦闘勘《せんとうかん》というより、経験則に基《もと》づくものだ。どういう時にどういう判断でどう戦うのが最善なのか、アマカワ卿に叩《たた》き込まれたのだろう。アマカワ卿も理詰《りづ》めで戦うタイプなのかもしれない）

と、口にこそ出さなかったが、密《ひそ》かに分析《ぶんせき》するヒルダ。

「そう、なんですか……」

亜紀は少し複雑そうに納得《なっとく》する。雅人に戦いを教えたのはリオだと、一緒に暮らしていた亜紀はよく理解している。その教えが実を結んで今に至るのだと思うと、複雑に感じざるをえなかった。

するとその時のことだ。ここまで貴久の手の内を確かめるように守りに専念していた雅人が勝負に出た。貴久が振り降ろした剣の軌道《きどう》を盾でいなすと——、

「行くぜ、兄貴！」

雅人はそのまま貴久の懐《ふところ》に潜《もぐ》り込む。だが——、

「させる、かっ！」

貴久が反射神経に身を任せて胴体を捻転《ねんてん》させ、懐に潜り込んできた雅人めがけてアクロバティックに剣を振るった。その切っ先は空気を切《き》り裂《さ》き、雅人に向かって力強い軌跡《きせき》を

描く。だが、雅人が瞬時に盾を構え直し、貴久の剣を弾いてしまった。

普通は予想外の軌道から迫りくる攻撃に驚き、身体が硬直して反応が遅れてしまうものだが、それを見誤らずに、かつ、臆さずに反応して攻撃を防いだ動きは実に見事なものである。攻撃を防いだ後に隙をなくすべくあえて突っ込むこともしない。一方で――、

「くっ……」

貴久はただでさえ身体を捻《ひね》りながら剣を振るったものだから、激しく姿勢を崩《くず》しながら地に足をつける。

（兄貴は基礎《きそ》がなっていないくせに奇抜《きばつ》な動きをしようとするから怖《こわ》いんだよな。反射神経だけはいいし）

と、雅人が億劫《おっくう》そうに思う。と、思いきや――、

「はぁっ！」

雅人は貴久の隙が大きいことを確認し、盾を構え直して再突進した。そのまま盾で体当たりするように貴久にぶつかりに行く。体格で劣《おと》る雅人だが、無理に剣を振るって攻撃を防がれたことでフラついている貴久の体勢を崩すのは容易であろう。

「くっ！」

貴久はおぼつかない足取りで後退しながら、苦《くる》し紛《まぎ》れで剣を水平に振るった。だが、雅

人は低く屈《かが》むように鋭《するど》く踏み込み――、

「狙《ねら》いが甘いぜ、兄貴！」

貴久の剣を下から上に向けて盾でパリィしてしまう。そのまま雅人が貴久に向けて寸止めしようとコンパクトに剣を振るい、今度こそ勝負が決まろうとした。

しかし、その時のことだ。

「ま、まだだ！」

貴久が後出しで剣を振るう。にもかかわらず、雅人が振るった剣よりも遥《はる》かに素早《すばや》い軌道を描き――、

「っ……!?」

尋常《じんじょう》ならざる速度で、雅人が振るった剣を力任せに弾《はじ》き飛《と》ばしてしまった。力負けした雅人の剣が吹《ふ》き飛ばされ、くるくると回転しながら、空を舞《ま》う。数瞬《すうしゅん》の時を経て雅人の剣が地面に転がり落ちる。それを確認すると――、

「……おい、兄貴。今……」

雅人は貴久をジロリと睨《にら》みつけた。最後の瞬間、貴久が神装で身体強化を施《ほどこ》したように思えたのだ。そうでなければ確実に雅人が勝利していた。

「お、俺《おれ》の勝ちだ」

　貴久は少し上ずった声で、焦《あせ》ったように自らの勝利を宣言する。

「…………そうかよ」

　雅人はたっぷり間を置き、そう言った。

「……お待ちください。最後の瞬間」

「いいんだ、キアラさん」

　キアラも最後に貴久の動きが急加速したように見えたことが気になったのか、審判として物言いをつけようとした。しかし、雅人が言葉を被《かぶ》せて止めてしまう。

「ですが……」

「兄貴の勝利なんだろ？　なあ？　本当にそれでいいんだよな？　それが兄らしい行いなんだよな？」

　逡巡するキアラをよそに、雅人が鋭い眼差しで貴久を見つめ確認する。

「…………」

　後ろ暗そうに視線を逸《そ》らし、押し黙る貴久を見て――、

「そうかよ……。なら、俺の負けだ。今日はな。またやろうぜ」

　雅人はどこか情けなさそうに身を翻《ひるがえ》して、貴久の前から立ち去ったのだった。

【第三章】 ロダニアへ

　リオは沙月《さつき》やシャルロット、リーゼロッテといったん別れを済ませ、レストラシオンが運用する魔《ま》道船《どうせん》に乗ってロダニアへと向かった。乗船後はクリスティーナとフローラが控える居室へと招かれ、ロダニアへの到着《とうちゃく》を待つことになる。ユグノー公爵《こうしゃく》はクリスティーナに除外されたので別室にて待機だ。

「お招きくださりありがとうございます」

　入室して席に腰《こし》を下ろすと、リオが王女姉妹に礼を言う。ただ、ガルアーク王国の王都にたどり着くまでは三人で旅をしていただけに、少し妙《みょう》な感じもしていた。

「ここしばらくは三人でいるのが当たり前になっていたので、なんだか不思議な感じがしますね。王都にたどり着いてたった一日で、久々にお会いしたような気もします」

「お姉様もですか。実は私もです」

　どうやらクリスティーナとフローラもリオと同じように感じているらしい。何かが変わったとするのなら、それは――、

「旅の間、家の中で三人だけでいる時は私が魔道具で髪《かみ》の色を変えていない時もありましたからね。その時は気が緩《ゆる》んでいましたが、今はそういうわけにもいきません。だからかもしれません」

リオはオンとオフの違《ちが》いがあるのかもしれないと指摘した。すなわち、三人で旅をしている間はリオの側面が強いオフの状態でクリスティーナとフローラと接していたが、今はハルト＝アマカワとしての側面が強いオンの状態で二人の前にいる。

「確かに、組織に合流できたことで私達《たち》も気が引《ひ》き締《し》まったように思えます」

「なるほど……」

納得するクリスティーナとフローラ。

「実はロダニアへ到着する前にいくつか話しておきたいこともありまして、こうしてお呼びだてしました。おくつろぎいただけないかもしれませんが、しばらく付き合っていただいてもよろしいでしょうか？」

「もちろんです。喜んで」

「では、手短に済みそうな話題から。ガルアーク王国へミハルさん達《たち》を一緒《いっしょ》にお連れするとのことでしたが、サラさん達を含《ふく》め今はロダニアにいらっしゃるのでしょうか？　サラさん達には以前大変お世話になったので、可能なら改めてお礼とご挨拶《あいさつ》をと思いまして」

クリスティーナが最初の話題を切り出し、サラ達の所在について訊《き》いた。

「実は旅の間に使用していた岩の家がもう一つありまして。それをロダニア近郊《きんこう》の森に潜《ひそ》ませて暮らしてもらっています」

「なるほど」

「場所はわかっているので呼ぼうとすれば一両日中にロダニアまで来てもらうことも可能です。ただ、サラさん達に関しては以前にお伝えした通りとある少数民族のお嬢《じょう》さん達でして、そこの教えでよその国の政治に関《かか》わるのは避《さ》けるようにしているんです。政治的な色合いが強い席などに顔を出すのは避けたがると思うのですが、その辺りの事情に留意していただいて内々に接触《せっしょく》していただけるのなら、あるいは可能かもしれません。条件が多く、誠《まこと》に恐《おそ》れ入《い》りますが……」

と、リオが頭を下げて語る。来るかどうかは本人達の意思に任せたい思いがあり、相手が王女二人でもしっかりと条件をつけることにしたのだ。

「わかりました。では、もしもサラさん達がガルアーク王国へいらっしゃるようであればタイミングを見計らって私共の方からアマカワ卿のお屋敷《やしき》に伺《うかが》うか、ガルアーク王国までお送りする魔道船の中でお話をする時間を頂戴《ちょうだい》してもよろしいでしょうか？」

と、クリスティーナは提案する。

「もちろん構いませんが……、王女であらせられるお二人にわざわざご足労いただいてもよろしいのでしょうか？」

自分から条件をつけておいてなんだが、王女二人を屋敷に足を運ばせるのはどうなんだろうという思いもあり、少し戸惑《とまど》うリオ。実際、王族の方から貴族の屋敷に足を運ぶということは滅多にない。

「はい。お礼をお伝えするのですから、こちらから足を運ぶのが礼儀《れいぎ》。足を運ぶ屋敷の所有者がアマカワ卿ということであれば、いかようにも名目をつけることは可能ですので何の問題もございません。もしロダニアまでいらっしゃるようであれば、サラさん達がアマカワ卿の屋敷に滞在している間はレストラシオンの者達が向かわないよう手配もいたしますので」

クリスティーナはきっぱりと言いきった。

「お気遣《きづか》いくださり、誠にありがとうございます。では、サラさん達がいらした際には、こちらからご連絡《れんらく》いたしますので」

リオは畏《かしこ》まって頭を下げる。

「こちらこそ、よろしくお願いいたします。では、次にセリア先生のことなのですが」

と、少し気が引けた様子でセリアの名前を出すクリスティーナ。

「先生がどうかなさいましたか？」

　ここ最近は人前で先生と呼ぶわけにもいかずセリアのことを呼び捨てで呼ぶことが多かったが、王女姉妹に対して正体を隠す必要もなくなったからか、クリスティーナの先生呼びにつられて先生と呼んでしまうリオ。

「我々がアマカワ卿の正体を知ってしまったことについて、セリア先生とは情報を共有しておくべきかなとも思ったのですが、いかがいたしましょうか？」

「確かに、事情を共有しておかないと相互《そうご》に接しにくそうですね」

　リオは苦笑《くしょう》して得心し――、

「第三者がいない状況《じょうきょう》をセッティングできるならその場で話をしても構いませんが、それが難しそうなら先に私の口からお伝えすることも可能です。その後、お三方で話し合っていただいても構いませんので」

　と、提案した。

「では、ロダニアへ到着した後に四人だけの場を設けることができそうならその機会に、そうでなければアマカワ卿からセリア先生に事情を説明していただけると助かります」

　最初の事情説明はリオがいる場で行うべきだろうという考えのもと、クリスティーナが依頼《いらい》する。

「承知しました」

特に問題はないので、頷くリオ。

「それと、今回の一件に対するレストラシオンからアマカワ卿への恩賞について、少しお話をさせていただければと」

もともと綺麗《きれい》な座《すわ》り方をしていたクリスティーナだったが、いっそう背筋を伸《の》ばして恩賞の話を持ち出した。すると、クリスティーナの緊張《きんちょう》を感じ取ったのか――、

「はい。あまり仰々《ぎょうぎょう》しくお考えにならず決めていただければと。負担をおかけするのはこちらとしても本意ではありませんし、特に欲《ほっ》している物もありませんので」

と、リオが困り顔で申し出た。

「そう仰《おっしゃ》ってくださるのはとてもありがたいのですが、なかなかのっぴきならない事情もありまして」

「フランソワ国王陛下が仰っていたように、周囲への示しがつくようなものでなくてはならないということでしょうか?」

「それもあるのですが、恩賞としてレストラシオンからアマカワ卿に有力な令嬢《れいじょう》との縁談《えんだん》を持ちかけてみてはどうか、という話を振《ふ》られてしまいました」

クリスティーナは億劫そうに溜息《ためいき》を漏《も》らす。

「縁談でございますか……」

確かに、それを恩賞とされても困る。

非常に困る。そう思うリオ。

「やはり、ご迷惑《めいわく》ですよね」

リオの些《さ》細《さい》な顔色を察したのか、クリスティーナがさらに溜息をつく。

「大変ありがたいお話ではあるのですが……」

「申し訳ございません。ご迷惑だとはわかっていても、こういったお話が来ていることだけでもお伝えしておかねば後々面倒《めんどう》なことになるものでして」

そう言って、クリスティーナは頭を下げる。ちゃんと話はしたんだぞという既《き》成《せい》事実は作っておかないと、まだ話をしていないんですかと督促《とくそく》されるのだろう。

「いえ、殿下《でんか》に謝《あやま》っていただくことではございませんので……。ですが、まさかそういったお話が来ているとは」

「それだけアマカワ卿が魅力的《みりょくてき》に映っているのでしょう。現状ではユグノー公爵がなかなかに強く意欲を示しています」

「それはつまり、ユグノー公爵家のご令嬢との縁談ということですか？　ご令嬢がいたとは存じませんでしたが……」

「……第二夫人との間に生まれた長女をアマカワ卿に、と言っていました。ただ、ユグノー公爵の息子《むすこ》が貴方にした行いを踏まえると絶対にありえない縁談だと私も思っておりますので、なんとか理由をつけて棄却《ききゃく》できればと思っております」

クリスティーナはきっぱりと言いきる。

「その長女の方が悪いというわけではないのですが、そうしていただけると私としても嬉《うれ》しく思います」

「承知しました。縁談を振ってみたけどアマカワ卿は乗り気ではなかったと言えば一応は引き下がるでしょう。ですが、ユグノー公爵も大人しく引き下がる男ではありません。時期を見てアマカワ卿へ再び縁談を、と申し出ることは容易に想像がつきます」

「……なるほど」

「それに、恩賞とは関係なく、今後は他の貴族達からもアマカワ卿への縁談の申し込みも増えることが予想されます。そのすべてを私の一存で封殺《ふうさつ》できればいいのですが、恐れながら今の私にそれだけの影響力《えいきょうりょく》はないものでして……。そこで、貴族達が引き下がるに足る理由を用意できればと考えているんです。それをご相談できればと思いまして」

「……具体的には、どういった理由が効果的なんでしょうか？」

「身も蓋《ふた》もない話ですが、正直に申し上げますと縁談を封《ふう》じるのに最も効果的なのは、他の縁談です」

　と、クリスティーナは頭が痛そうに語った。

「確かに、道理ですね」

　リオが苦笑して納得する。

「例えば既《すで》に正妻が決まっている場合、正妻狙いの者達はそれで脱落《だつらく》します。側室でも構わないという者達にはあまり効果はありませんが」

「……一つ伺いたいのですが、私も貴族の方々のように一夫多妻を求められるものなのでしょうか？」

「位の高い貴族には一夫多妻が求められることが多いです。アマカワ卿の立場は貴族としては非常に特殊《とくしゅ》ですが、その功績を踏まえると一夫多妻にすべきだという声が多く寄せられるのではないかと」

　戸惑い気味に尋《たず》ねたリオに、クリスティーナが予想を告げた。

「求められる……ということは、本人の意思次第では一夫一妻を貫くことも可能ではあるということなのでしょうか？」

　と、リオはクリスティーナの説明を反対に解釈《かいしゃく》して確認する。

「はい。貴族の当主が一夫多妻を採用する最大の理由は本家が抱える要職を可能な限り本家の血縁者で処理するため。重要な仕事を分家の人間や信頼できる家臣に任せても構わないという考えのもと、正妻とだけ婚姻《こんいん》関係を結ぶという有力貴族も少数います。それでも後から一夫多妻を強要されて、断ることができずに側室を娶《めと》る場合はありますが……」

と、クリスティーナは一夫多妻制度の仕組みを詳細《しょうさい》に説明する。

なお、本家とは現当主が家計を負担している家のことで、分家とは本家から独立して生計を立てている本家から分離《ぶんり》した家のことだ。一般《いっぱん》には家督《かとく》を継《つ》げない貴族が妻を娶った時に分家が生まれる（よその家に嫁《とつ》いで本家を離脱《りだつ》する場合には分家は生まれない）。

家の跡継《あとつ》ぎを絶やさないようにするために側室を抱《かか》えるという側面も一夫多妻制度にはあるが、仮に本家の跡継ぎが全《すべ》ていなくなった際に分家の者に家督を譲《ゆず》っても構わないと割り切ることができるのならば、一夫多妻を貫く必要はない（そういった考えを持つ貴族はかなり少ないが……）。

「なるほど……。とても勉強になります。ありがとうございます」

感心したように唸《うな》り、礼を言うリオ。

「今の話からすると、アマカワ卿は一夫多妻に抵抗《ていこう》があるのでしょうか？」

「はい、正直なところ……」

リオはかなり気乗りしなそうな顔で頷いた。

「……その、唐突《とうとつ》な質問で恐れ入りますが、それは心に決めた特定の相手がいらっしゃるから、とかでしょうか？」

「特定の相手……ですか。そういう人は……どうでしょうか」

「申し訳ございません。不躾《ぶしつけ》な質問でした。お答えになりたくないというのであれば、お答えいただかなくとも構いませんので」

　クリスティーナはハッとして謝罪する。

「いえ、そういうわけではないのですが…………。今はまだ、恋愛《れんあい》とか、結婚《けっこん》について考えることができないのかもしれません」

　リオは困り顔になり、たっぷり思案してから、顔を曇らせて考えを吐露《とろ》した。ただ、完全に後ろ向きというわけでもなく――、

「けど、もう少し……、もう少しだけ自分に自信が持てるようになるのなら……。その時は、前向きに検討できればと思っています」

　わずかな笑《え》みを覗《のぞ》かせて、結婚に対する思いを吐露した。復讐《ふくしゅう》を果たしたから、気持ちを入れ替《か》えてさあ結婚、幸せを手に入れるぞ。と、綺麗に気持ちを切り替えることはできない。こんな自分なんかと思う自分もいまだにいる。けれど……。と、今のリオはそんな想《おも》いを抱《いだ》いているのかもしれない。

クリスティーナとフローラはそんなリオの表情を吸い込まれるように見つめていた。それから、ややあって――、

「そう、ですか……」

クリスティーナがぎこちなく相槌《あいづち》を打つ。

「妙な雰囲気《ふんいき》になってしまいましたね。申し訳ございません」

リオは苦笑して頭を下げる。

「いえ、こちらこそ妙なことを伺ってしまい」

慌《あわ》ててかぶりを振るクリスティーナだった。

◇◇◇

それから、数時間後。

リオ達を乗せた魔道船がいよいよロダニアへとたどり着く。クリスティーナとフローラの生還《せいかん》は先触《さきぶ》れの魔道船により知らされていたからか、ロダニアの湖にある港にはレストラシオンに所属する大勢の貴族達が押し寄《よ》せていた。

クリスティーナやフローラと一緒《いっしょ》にリオやユグノー公爵が下船すると、ロダン侯爵《こうしゃく》が率

先して近づいてきて生還を喜ぶ言葉を口にする。

そして、立ち話をするわけにはいかないからと、そのまま馬車に乗って領館としても利用されている城塞《じょうさい》へと向かうことになった。

（……人垣《ひとがき》の中にはいないみたいだ。アイシアが俺の接近に気づいているはずだから、講義をしているのかな。まだ明るいし）

馬車に乗るまでの間に人垣に視線を走らせたリオだが、セリアの姿は見当たらない。と思ったら――、

（春人《はると》、お帰りなさい）

アイシアからの念話が届いた。

（……ただいま、アイシア）

リオは思わず口許《くちもと》を緩めて、心の中で返事をする。アイシアの声を聞くと、なんだかとても安心できた。

（セリアは今講義中。春人とも、クリスティーナやフローラとも、早く会いたがっているけど、休講にはできないから悔《くや》しがっている）

（あはは、そっか。このまま領館に向かうから、講義が終わるのを待っているよ）

セリアが講義をしているのも領館だから、ちょうどいい。

（わかった。セリアに伝えておく）

（じゃあ、待っている間に必要な情報の共有を済ませておこうか）

リオはクリスティーナやフローラ、ユグノー公爵やロダン侯爵と一緒に、六人乗りの豪《ごう》華《か》な馬車に乗りながら、アイシアに提案した。

（うん。春人がいない間に、ロダニアでも事件があった。報告することがある）

（それを聞きたかったんだ。セリア先生がレイスを目撃《もくげき》したらしいって、ガルアーク王国で聞いたから）

（レストラシオンにはすべてを報告したわけじゃない。何があったのか、話す）

（ああ）

リオは険しい顔で返事をする。と――、

「アマカワ卿、どうかなさいましたか？」

向かいに座るクリスティーナがリオの表情の変化に気づいたのか、心配そうな顔をして尋ねてきた。

「いえ、何でもございません」

リオは笑って誤魔化《ごまか》しながら、アイシアから事情を聞くことにした。

（移動しながら、詳《くわ》しく聞かせてくれるかな）

第四章 帰還と再会

馬車に乗ったリオ達はほんの十分足らずでロダニアの魔道船港から領館へとたどり着いていた。移動中はユグノー公爵とロダン侯爵がよく喋《しゃべ》ってくれたので、時折、振られてくる話に応じつつ、可能な限りアイシアの念話に耳を傾《かたむ》ける。

アイシアの話を要約すると、平和なまま日々が過ぎていったが、レイスがロダニアの領館に忍《しの》び込んでいて鉢合《はちあ》わせてしまった。逃走《とうそう》したレイスを追跡《ついせき》して郊外《こうがい》で戦闘《せんとう》に突入《とつにゅう》しておそらくは討伐《とうばつ》した。ということを教えてもらった。

ちょくちょく車内の会話に加わったせいですべて聞くのに少し時間はかかったが、馬車を降りて城塞の建物に入る頃《ころ》には一通りの事実の流れは把握《はあく》することができた。

（……じゃあ、レイスは死んだということ？）

リオが歩きながら領館の玄関《げんかん》をくぐって確認する。

（……たぶん。でも、死体は見つからなかった。倒《たお》すと跡形《あとかた》もなく姿を消してしまったから。気配も完全になくなっていた）

と、アイシアは少し自信なげに答えた。

（戦闘中に次々と魔物《まもの》を呼び出し、最後はレイス自身も見たこともない魔物みたいな姿に変化した、か。それで倒すと姿を消してしまったと）

リオは思わず声に出して「うーん」と唸りそうになってしまう。にわかには信じがたい話だ。しかし、前々からレイスからは得体の知れない不気味さは感じていた。何よりアイシアが嘘《うそ》をつくとは絶対に思えない。なので――、

（今の話も踏まえるとレイスはどう考えても人間とは思えない。実際、魔物のような姿に変化したわけだし、魔物と言われた方がしっくりくる。けど、倒した後に魔石を残した訳ではないんだよね？）

リオはアイシアの話がすべて事実であることを前提に確認する。見た目が凶悪《きょうあく》な魔物のように変化したというのなら、レイスが魔物である可能性もあると考えたのだ。

魔物とは死《し》に際《ぎわ》に魔石を残して消滅《しょうめつ》する生命体であるから、魔石を残して死んだのなら魔物である。だが――、

（何も残っていなかった）

予想は外れる。

（となると、魔物でもないか。けど、魔物でないなら他にいったい何が……）

リオはたっぷり思案した。人の姿をしているが、怪物《かいぶつ》に姿を変えることができる人ではない何か。果たして、それは――、

（………まさか、人型精霊《せいれい》？）

と、リオはその可能性に至った。

（……それは、わからない。あの男の気配は精霊というより、魔物に似ていた。でも、普《ふ》段《だん》はすごく気配が薄《うす》くて、何もしていなければ人間のようにも思えた。すぐ目の前に近づかないとわからないくらいに）

アイシアがまたしても少し自信なげに言う。精霊は精霊の気配を察知できる。というより、より正確には精霊は生命体の霊的《れいてき》な気配を察知できるとされている。

霊的な存在の極致《きょくち》ともいえる精霊の気配は独特だから、精霊は精霊の気配を最も察知しやすいのだとドリュアスに教えてもらったことを、リオは思いだした。

（となると、精霊よりはやっぱり魔物に近い、か……。でも、魔石は残さない）

なら、その正体はいったい何だったというのか。リオは疑問に思うが、今ある情報のみで答えが出る問題とも思えない。

（他に気になるのはどうしてレイスがロダニアの領館にいたのかってことだけど、クリスティーナ王女とフローラ王女の誘拐《ゆうかい》と関係があったんだろうか、それとも別に目的があっ

たのか？）

と、次の疑問を抱くリオ。二人が襲撃《しゅうげき》されたのはロダニアの領館ではなく、飛行していた魔道船の中だ。

（わからない。けど、レイスは手薄《てうす》になった領館の中に忍び込んでいたのは王女二人が誘拐された魔道船が到着して騒《さわ》ぎになったタイミング）

そして、セリアを護衛していたアイシアと遭遇《そうぐう》したという。

（……となると、騒ぎで手薄になった領館で騒ぎに乗じて何かをしたかった、と考えるのが自然だよね。何か手がかりになるようなやりとりはあったの？）

（ううん。私達と遭遇するのは本意じゃないって、ずっと言っていた。だからすぐに逃《に》げ出《だ》したんだと思う）

本当はレイスの狙いはセリアにあったわけだが、ルシウスが土壇場《どたんば》で翻意《ほんい》したせいでその真実からは遠ざかってしまった。

（そこはユグノー公爵達《こうしゃくたち》に報告したことと大差はない、か。先生がレイスと似ている男を見かけたけど見失ったって聞いた時は焦ったけど、情報を共有したのは正解だと思う）

（セリアが報告した。追跡して戦ったことまで教えるわけにはいかないけど、レイスと出会ったこと自体は報告しないわけにもいかないからって）

と、アイシアは経緯《けいい》を語る。

（そっか……。アイシアが先生の側に残っていてくれて本当に良かった。ありがとう）

リオは強い謝意の念を込めて、アイシアに礼を伝えた。

（いい。春人《はると》がいない間にセリアを守る。それが私の役目）

（ありがとう、本当に。…………………おかげで俺も目的は達成できたんだ。母さんと父さんの仇《かたき》は取ってきた）

リオは重ねて礼を言うと、たっぷりと間を開けてから思いきったように復讐を終えたことを報告する。と――、

（みんな春人に会いたがっている。春人が帰ってきて、私も嬉しい）

アイシアの声が優《やさ》しく響《ひび》いた。

（……ありがとう。って、お礼を言ってばっかりだけど）

と、リオはこそばゆそうに言う。

（これからはずっと一緒にいられる？）

（うん、レイスがロダニアにいた理由も気になるから、なるべく一緒にいられるようにしたいと思っている）

となると、ガルアーク王国城にあるリオの屋敷へ招待するという話は渡《わた》りに船なのかも

しれない。リオはそう思って――、

（みんなを集めて話をしたいから、今夜辺りにでも先生も連れて岩の家に行こうか）

と、提案した。

（わかった。後で私が先に行って、美春《みはる》達に教えてこようか？）

（そうだね。じゃあ、合流した後に……）

そうして、今夜はセリアも連れて岩の家へ向かうことが決まる。と――、

「さあ、着きましたぞ」

というロダン侯爵の声が領館内の通路に響いた。とある部屋の前で一行が立ち止まり、リオも足を止める。

（アイシア、念話はいったんここまでで。目的地に着いたから）

（わかった）

リオはアイシアとの念話を切り上げた。

立ち止まった部屋の前には女性騎士《きし》が二人いて、クリスティーナ達が姿を見せてから感《かん》極《きわ》まったように敬礼をし続けていたが――、

「どうぞ」

女性騎士の一人が扉《とびら》を開けて、リオ達は入室した。

室内は広くて小綺麗《こぎれい》な空間で、中にはこれまた二人の女性騎士達《きしたち》がいて、ソファに腰を下ろしていて談笑《だんしょう》している。が、入室してきた者達の中にクリスティーナやフローラの姿があることに気づくと、慌てて立ち上がって敬礼した。

「入るわよ」

クリスティーナはそう言って、部屋の中に置かれた複数あるベッドの一つに近づいていく。そこにはヴァネッサが眠《ねむ》っていて――、

「……やっぱりまだ目を覚ましてはいないのね」

クリスティーナは小さく溜息をついて憂《うれ》いた。

そう、ここはヴァネッサが眠る病室である。魔道船で致命傷《ちめいしょう》を負ってかろうじて一命は取り留めたものの、いまだ目を覚ましていないと話を聞いて、クリスティーナとフローラが真っ先に足を運んだというわけだ。

「ヴァネッサ……」

フローラもベッドに近づき、もどかしそうにヴァネッサの顔を見下ろす。ヴァネッサは顔面蒼白《そうはく》で、文字通り死んだように意識を失っていた。

「ヴァネッサ君は魔道船で何が起きたのかを知るであろう唯一《ゆいいつ》の生き証人でしたので、最重要人物待遇《たいぐう》で看護を続けさせております」

と、ユグノー公爵が説明する。

ヴァネッサはクリスティーナとフローラの信頼が厚い護衛騎士であるから、手厚く看病していたんだぞというアピールを兼《か》ねているのだろう。

「ええ、ご覧の通り警備体制も厳重です。ないとは思いたいですが、組織の中に誘拐犯《ゆうかいはん》の密偵《みってい》がいて口封《くちふう》じにヴァネッサ君を殺しに来る恐れもありましたのでな。ヴァネッサ君は部下達からの信頼も厚く、非番の者達がこうしてこの部屋を休憩室《きゅうけいしつ》とし、二十四時間体制で警護と看護をしてくれています」

ロダン侯爵は甚《いた》く感心したように唸って、女性騎士達を労《ねぎら》った。

「そう、礼を言うわ。貴方達《あなたたち》、ありがとう」

クリスティーナはユグノー公爵とロダン侯爵の遠回しなアピールを察したのか、小さく息をつきながらも、室内にいる女性騎士達に礼を言う。

「皆《みな》、ありがとうございます」

フローラも女性騎士達を見て礼を言った。一方、リオはクリスティーナとフローラの後ろから、眠りに就《つ》くヴァネッサの顔を見つめていて――。

(負傷してずっと意識を失ったままだって言っていたけど、これっていわゆる昏睡《こんすい》って状態だよな？　だとすれば脳へのダメージが原因なんだろうけど……)

前世で医学を学んでいたわけではないので確信を持って診断《しんだん》はできないが、意識が戻《もど》らないということは脳へのダメージが原因である可能性が高いのではないか。

例えば、傷口が塞《ふさ》ぎきるまでに脳機能に支障が出るほどに出血してしまったとか、負傷した際に思い切り頭も打ってしまったとか。

リオはそう考えて――、

「……医術にはほんの少しですが覚えがありまして、ヴァネッサさんの容態についていくつか質問させていただいてもよろしいでしょうか？」

と、口を開いた。この世界では部位が欠損するようなレベルの傷でなければ傷口を綺麗に塞いでしまう治癒魔法《ヒール》が存在するせいで、特定分野における医学の発達が極《きわ》めて遅《おく》れている（なまじ治癒魔法《ヒール》が発達しすぎているせいで、地域によっては人体内部の構造を知ろうとする行いが激しく忌避《きひ》されていたりもする）。

ゆえに、前世で医学を学んだことがなかった天川《あまかわ》春人程度の知識でも、分野によってはこの世界の人間よりはマシな知識を持ち合わせていることがある。

「ほう、ハルト君は医術にも精通しているのか」

「まさしく文武両道ですな。いやはや、素晴《すば》らしい」

ユグノー公爵とロダン侯爵はすかさずリオをよいしょした。

「いえ、本当に大したものではありませんので……。ただ、まずはヴァネッサさんが意識を失った時の状況をお聞かせいただけませんか？」

リオは現場にいたクリスティーナとフローラを見て尋ねる。

「……ナイフで腹部を刺《さ》された後、顔を思い切り蹴《け》飛《と》ばされ、派手に吹《ふ》き飛《と》ばされていました」

クリスティーナは少し苦い面持《おもも》ちで、当時の様子を振り返《かえ》った。

「なるほど……。では、その時の外傷の箇所《かしょ》を大小含め、すべて教えていただくことは可能でしょうか？」

リオは次の質問を口にする。今度は転移して現場から消えてしまったクリスティーナとフローラではなく、報告を受けたであろうユグノー公爵とロダン侯爵を見つめた。

「傷口の箇所か。治療《ちりょう》を行ったロアナ君の話では、確か出血は腹部のみだったとのことだが……」

「つまり、現場において治癒魔法《ヒール》で治療したのは腹部のみであると？」

「いや、ロダニアへ運び込まれてから、念のためにと魔道士数人で全身をくまなく治療させたはずだ」

などと、ユグノー公爵は口許に手を当て、記憶《きおく》を掘《ほ》り起《お》こしながらリオに答えた。

「全身を……。他には具体的にどのような治療が施《ほどこ》されましたか？　例えば何か薬を飲ませたとか、今までに行われた治療行為《こうい》に該当《がいとう》するものはすべて教えてください」

リオは軽く思案してから、次の質問を口にした。

「その辺りは医師と連携《れんけい》して看護をしてくれた女性騎士達の方が詳しいでしょうな。どうだね、君達？」

ロダン公爵がそう語り、室内にいる女性騎士達に問いかけた。すると──、

「そうですね……。基本的には医師の指示に従い、安静に寝《ね》かせて看病しました。身体を拭《ふ》いたりとか、その、排泄物《はいせつぶつ》を処理したりだとか、脱水症状《だっすいしょうじょう》にならないように管を使って栄養性のある水分を摂取《せっしゅ》させたりだとか……。それと、意識を失っている間に傍《そば》で誰《だれ》かが話をしているといいとも医師に言われたので、室内での会話は絶やさないようにしていました」

一人の女性騎士が指を折って数えながら、詳細に語った。

「あとは、意識が戻らないのは刺されたナイフに呪術《じゅじゅつ》が込められていた可能性があるということで解呪の魔法《まほう》を使ったりとか、目に見えない傷が癒《い》えきっていない可能性もあるからと、日に何度か治癒魔法《ヒール》をかけたり、回復用のマジックポーションも摂取させたりしています。それと、毒が塗《ぬ》られていたのかもしれないということで栄養摂取の際に解毒《げどく》用の

マジックポーションを何度か服用させたりとか、解毒しきれない毒を抜《ぬ》くために血を抜くことも考えられたのですが、負傷した際に出血が多かったためそれは見送られています」

と、別の女性騎士が補足する。

「詳細な説明、ありがとうございます。それですべてでしょうか？」

リオが念を押《お》して確認《かくにん》する。

「……はい」

女性騎士達は顔を見合わせて頷《うなず》く。

（……念入りに治癒魔法《ヒール》を使ったり、治癒《ちゆ》のマジックポーションも服用させたりしたみたいだけど、それでも意識が戻らないということは、やっぱり脳にダメージがあるんだよな？医学が発達していないこの世界では脳の構造なんて知られてもいないだろうし、検査もできないけど……。目を覚まさない原因が脳へのダメージにあると仮定して、そうなった理由は何だ？）

と、リオはヴァネッサを見下ろしながら、昏睡し続ける理由を思案する。

（……蹴《け》り飛ばされた時に強く頭を打ったのか？　それか、意識を失う前の状況を聞いた限りでは傷口が塞がるまでにかなりの出血があったはず。魔法で傷口を綺麗に塞いだところで失われた血までは戻らない。それで脳に十分な血液が巡《めぐ》っていなくて、脳にダメージが残ったとか？）

魔法で傷口を綺麗に塞いだからかろうじて生きているだけで、おそらくは致死量《ちしりょう》ギリギリな量の血が身体から抜け落《お》ちたのではないか。あるいは顔を蹴られて吹き飛んだのが原因か。そのどちらかだろうと予想する。

（……脳は人体で最も複雑な部位のはず。身体の内側の傷は特に治療が難しいし、術者の技量によっては治癒できない傷もある。ヴァネッサさんが脳に負ったダメージは相当重いんじゃないか？　普通《ふつう》の術者が多少時間をかけて治療したくらいじゃ治らないほどに）

もし、そうだとしたら……。

（強力な治療で脳のダメージを癒やせるのなら、意識を回復させることもできるんじゃないか？）

その可能性はありそうだった。すると、いつの間にか室内にいる者達《たち》の注目がリオに集まっていて——、

「ハルト様、何かおわかりになりましたか？」

フローラが祈《いの》るように、リオに語りかけてきた。

「確証はありませんが、まず確かなのは賊《ぞく》にナイフで腹部を刺された際に大量の血を失ったのでしょう。皆様《みなさま》は血液がどのようなものかはご存じですか？」

と、リオは室内の面々を見回して尋ねる。

「……生命活動の維持《いじ》に必要な体液だということは。ゆえに、血液が汚《よご》れることで数多くの病気が発生すると学んだことがあります」

クリスティーナが答えた。それはリオがかつて王立学院で学んだことでもある。先ほど女性騎士が解毒できない毒を抜くために血を抜く治療法《ちりようほう》について言及《げんきゆう》していたが、この世界では汚れた血液を抜き取《と》ることが病気の治療に繋《つな》がると信じられていたりもする。

（治療の一環《いつかん》でただでさえ少なくなっているはずの血を抜き取られていなかったのは幸いだったな）

リオはそのことにホッと安堵《あんど》しつつ――、

「ヴァネッサさんが昏睡しているのは、顔を蹴られたか、腹部の出血によって生命活動の維持に必要な血液をギリギリまで失ったことで、脳が目には見えない傷を負ってしまったからかもしれません」

と、簡潔に打ち明けた。

「脳……というと、頭の中にあるとされている部位のことですよね？」

あまり知識のない分野の話だからか、クリスティーナが疑問符《ぎもんふ》を浮《う》かべて確認する。

「ええ。脳の傷を魔法で癒やせるなら意識を回復させることができるかもしれません」

現代地球の医学でも相当なダメージを負った脳を人為的《じんいてき》に治療して患者《かんじゃ》を深い昏睡状態から回復させることはおよそ不可能であろうが、魔法や精霊術が存在するこの世界ならば治癒できる可能性があるのではないだろうか？　リオはそう考えて提言した。

「……できるのですか？　目を覚まさせることが……」

「治癒魔法《ヒール》やマジックポーションの服用では回復しなかったみたいですが、治癒魔法は術者の技量や使用時間、使用箇所、魔法の効果範囲《はんい》を絞《しぼ》って使用するかでも治癒に要する時間が変わってきます。人体内部の治癒は難易度が高いですが、脳は殊《こと》に複雑な作りをしていますから特に難易度が高いのではないでしょうか。私も専門的な知識は持ち合わせてはいないので断言はできませんし、成功するかは未知数ですが、頭部を集中して治療すれば可能性はあるかもしれません」

と、治癒魔法《ヒール》について説明するリオ。例えば、軽い切り傷程度なら数秒ほどで治癒が完《かん》了《りょう》するが、骨折や臓器を損傷するようなダメージだと、並みの治癒魔道士なら十分以上かけて治癒魔法《ヒール》を使い続けなければ治癒することはできない（使い手の技量でだいぶ時間は左右されるが……）。

「治癒魔法《ヒール》なら使えます。ぜひ試《ため》させてください」

「私も使えます」

希望を見いだしたのか、クリスティーナとフローラが勇んで治癒役を買って出た。

「……我々にできることはあるかね、ハルト君？」

ユグノー公爵《こうしゃく》も空気を読んですかさず尋ねる。

「ヴァネッサさんが目を覚ました際にすぐ栄養を摂取できるよう、喉《のど》に詰《つ》まらず、栄養価の高い冷《さ》めた流動食を多めにご用意ください。本人の食欲次第《しだい》ですが、一応、消化に良さそうな固形物も。血液は栄養を摂取することによって体内で作られますが、管を使った栄養の摂取では限界があります。いまだに血液が不足している恐《おそ》れがありますから、意識が回復次第、可能な範囲で本人に栄養を摂取してもらった方がいいかもしれません」

「うむ。用意させよう」

「では、食事の用意ができ次第、治療を開始してみましょうか」

こうして、この場でヴァネッサの治療を試みることが決まる。

「先ほどまで昼食の時間だったので、すぐに用意して参ります！」

女性騎士達が慌てて飛び出していく。それから、数分もかからぬうちに退室した女性騎士達は戻ってくる。そして、さらに数分が経過すると――、

「お食事をお持ちしました」

領館に仕える給仕《きゅうじ》の者達が台車を押して入室してきた。台車には冷めた料理がこれでも

かと載《の》せられている。とてもではないが、意識を失っていた病人が目覚め直後に食べる量ではない。というより、大の男でも食べきることはできないだろう。

「……運ばせすぎよ」

クリスティーナがやや呆《あき》れ気味《ぎみ》に言う。

「も、申し訳ございません。慌てて指示を出したので」

女性騎士が謝罪する。

「まあいいわ。これだけあれば十分でしょう」

「ええ、始めましょうか。クリスティーナ様とフローラ様は私とは反対側の枕元《まくらもと》へ」

リオはそう言いながら、扉から見てベッドの奥《おく》の方へ移動する。そして、クリスティーナとフローラに反対側に立つように指示して――、

「やっていただくことはいたって簡単です。私がヴァネッサさんの身体を支えますので、お二人で交互《こうご》に頭部に治癒魔法《ヒール》を使ってください」

と、言葉を続けた。

「……ヴァネッサの頭部に、治癒魔法《ヒール》を使うだけでいいのですか？」

クリスティーナが不思議そうに尋ねる。

「ええ、先ほど申し上げた通り人間の頭の中はかなり複雑にできています。治療の難易度

はかなり高いはずなので、どれだけ時間がかかるかもわかりません。長丁場《ながちょうば》になるかもしれないので、負担になる前に交替《こうたい》して治療を行ってください」

リオは右手の手のひらでヴァネッサの後頭部を持ち上げ、左手の甲《こう》を背中に回してヴァネッサを支えながら説明する。と――、

「わかりました。では、まずは私が治癒魔法《ヒール》を使います」

まずはクリスティーナが申し出て、ヴァネッサの頭部に手を伸《の》ばした。少し緊張《きんちょう》しているのか、ふうっと軽く深呼吸をする。

「どうか緊張なさらず。私も手伝いますので」

リオはクリスティーナを安心させるよう微笑《ほほえ》みかけた。

「……わかりました。では、よろしくお願いいたします」

一瞬《いっしゅん》、わずかに首を傾《かし》げたクリスティーナだったが、すぐに何かが腑《ふ》に落ちたような顔になると、リラックスしたように微笑《びしょう》した。それから――、

「いつでもどうぞ」

という、リオの言葉を合図に――、

「《治癒魔法《ヒール》》」

クリスティーナは呪文《じゅもん》を詠唱《えいしょう》して、ヴァネッサの頭部に治癒魔法《ヒール》を施し始める。クリス

ティーナの手の先に魔法陣《まほうじん》が浮かび上《あ》がり、淡《あわ》い光が放出されだした。

（よし、じゃあ俺《おれ》もヴァネッサさんの肉体を強化しながら……）

リオは背に回した左手でヴァネッサの身体強化を、頭を支える右手でヴァネッサの脳を治癒するよう、さりげなく精霊術を発動させる。

術者のイメージを具現化して超常《ちょうじょう》現象を引き起こすのが精霊術であり、術者のイメージによって効果が左右されるのも精霊術だ。人体の構造や症例《しょうれい》を明確にイメージできている上で治癒の精霊術を行使するのであれば、治癒が難しい肉体内部の傷をより効率的に治療することができる。とはいえ——、

「…………………」

それでもすぐにヴァネッサが目覚めることはない。

「……このまましばらく治療を続けてみましょう」

と、リオは促《うなが》し、治療は始まったのだった。

◇　◇　◇

それから、数分が経過した。

リオとクリスティーナが集中しているものだから、室内には沈黙《ちんもく》が降り続けている。フローラもヴァネッサが目覚めた時に備えているのか、お皿とスプーンを手にして固唾《かたず》を呑《の》んでいた。

そんな中で、ユグノー公爵とロダン侯爵は「治癒魔法《ヒール》や治癒のマジックポーションで既《すで》に念入りに外傷は塞いで効果がなかったのに、本当に目が覚めるのか？」「まあ、お手並みを拝見しましょう」といった感じの表情でリオ達を観察している。すると――、

（まだ目覚める様子はないけど、脳のダメージは癒え始めているはず。そろそろ意識を活性化させる精霊術に切《き》り替えてみるか）

リオが右手で発動させている精霊術を治癒から他者の意識に干渉《かんしょう》するものへとこっそり切り替えた。

脳へのダメージが癒えていない状態でいきなり活性化の精霊術を使うのはまずいと思っていたので、このタイミングまで待っていたのだが、やはりいきなり強力に意識へ干渉するのは危険に思えたので、出力はだいぶセーブしている。

精霊術で他者の意識に負荷《ふか》を与《あた》えず干渉するにはかなり高度な技術が要求されるので、ここから先は治癒に関しては完全にクリスティーナ任せだ。

治癒は治癒で発動している間は常に多量の魔力《まりょく》を消費するし、高度な集中力も必要され

るので、クリスティーナの顔には汗《あせ》が浮かび始めていた。

「……お姉様、そろそろ変わりましょうか？」

フローラが心配そうに申し出る。

「いいえ、まだ大丈夫《だいじょうぶ》よ」

クリスティーナはフローラを安堵させるよう、優しく微笑む。一方で、ユグノー公爵やロダン侯爵が「これはやはり無理か？」といった顔になっている。

魔法で頭部を集中治癒しつつ、寝たきりで弱り切っている身体機能を精霊術の身体強化で高め、精霊術で意識の覚醒《かくせい》も促す。といったふうに、魔法と精霊術を併用《へいよう》することによってシュトラール地方の人間族では再現不可能なレベルでの高度な治療を施しているのだが、周囲からはただ単にクリスティーナがヴァネッサの頭に治癒魔法《ヒール》をかけているようにしか見えないので、ユグノー公爵達が訝《いぶか》しむのも無理がないと言えば無理もない。

（これで駄目《だめ》ならセリア先生にも協力してもらう必要があるけど……）

と、リオが思っていると――、

「うっ……」

ヴァネッサの身体がぴくりと動き、口からうめき声が漏《も》れた。

「ヴァネッサ!?」

「隊長⁉」

クリスティーナとフローラ、女性騎士達がそれを見逃《みのが》さずに強く反応する。

「……なんと」

ユグノー公爵とロダン侯爵も瞠目《どうもく》している。

「皆様でヴァネッサさんに声をかけてください」

と、リオは指示を出す。

「ヴァネッサ、起きなさい」

「フローラです。私のことがわかりますか、ヴァネッサ？」

枕元に立つクリスティーナとフローラが即応《そくおう》して声を出した。似たような言葉を何度も繰《く》り返し、見守る女性騎士達も「隊長、起きてください」と呼びかけ続ける。

するとややあって——、

「め、さ……？」

ヴァネッサが朦朧《もうろう》と目を開け喋った。

「そうよ。目を覚ましなさい」

と、クリスティーナが治癒魔法《ヒール》を使い叫《さけ》ぶ。

（仕上げだ。強めに覚醒を促しつつ、身体強化も強めにかける）

リオがそれぞれの術の出力を強めた。

「あ、う……。こ、こは？」

朧気《おぼろげ》だったヴァネッサの瞳《ひとみ》に生気が宿り、意味の取れる言葉を発する。

「ロダニアの領館よ。私のことはわかるわね？」

クリスティーナがすかさず問いかけた。

「姫《ひめ》、様……。ご無事で……」

どうやら意識を失う直前に何があったのか、ちゃんと記憶しているらしい。

「アマカワ卿《きょう》が助けてくださったの。今は自分の心配をなさい。重傷でずっと意識を失っていたのだから」

「あ……」

心なしか安堵したように胸をなで下ろすヴァネッサ。

「目覚めたばかりですが、食欲はありますか？」

リオがヴァネッサを支えたまま、背後から尋《たず》ねる。本来なら寝たきりで臓器や嚥下《えんげ》する力なども弱っているはずなので、到底《とうてい》食事をできる状態ではないはずだが――、

「…………」

ぐうう、という音が鳴《な》り響く。

（精霊術で身体強化を施している。消化器官も十分に活性化しているみたいだな）

と、愁眉《しゅうび》を開くリオ。普段は戦闘時に肉体の限界を超《こ》えて動き回ったり、多少の打撃《だげき》などを喰《く》らっても肉体がダメージをもらわないようにしたりするため身体強化の精霊術を使用するが、身体機能が弱まっている時に使用することで擬似的《ぎじてき》に健康な状態まで肉体を回復させたというわけだ。

「食欲はありそうね。フローラ」

クリスティーナもホッと息をつき、フローラを見る。

「は、はい。ヴァネッサ、口を開けて」

フローラはこくこくと頷き、ヴァネッサの口許《くちもと》に具がドロドロに溶《と》けたスープの入ったスプーンを近づけた。

「……っ」

ヴァネッサはごくんと、力強くスープを呑み込んだ。瞬間《しゅんかん》、まだ焦点《しょうてん》が定まっていなかったように見えた瞳に生気が宿る。

「あ、もっ……」

何かを喋ろうと口を動かすヴァネッサ。

「……も？」

クリスティーナとフローラが首を傾げる。と――、

「も、もっと！　もっと！　く、ください！」

よほど飢餓《きが》感を覚えているのか、ヴァネッサが必死に訴《うった》えた。

「…………」

室内にいる全員が一瞬、目が点になる。ややあって――、

「……食べさせて上げなさい、フローラ」

クリスティーナが優しく相好を崩《くず》し、フローラに命じた。

「は、はい！」

フローラはパッと顔を明るくして、次の一口をヴァネッサの口へ運んだ。

「はぐっ！」

と、ヴァネッサは勢いよくスプーンにかぶりつく。そもそも一介《いっかい》の護衛騎士が仕えるべき主達に看護されている図式からしてありえないが、今のヴァネッサにそんなことを気にしている余裕《よゆう》は心身共にない。

「す、すごい。次の一口も用意しますね」

フローラはあたふたとスプーンを引っ込め、手にした皿から次の一口を掬《すく》おうとした。ちなみに、この間もリオはヴァネッサの後頭部と背中に触《ふ》れていて、こっそり精霊術を発

動させ続けている。

「い、いえ、自分で食べられます！　……んぐっ、んぐっ」

ヴァネッサはなかなかの勢いで皿を掴《つか》みとると、口を直付《じかづ》けしてスープを一気に飲み干していく。

「……そんな勢いで呑み込んで大丈夫なの？」

と、クリスティーナが呆れたように言うが、今のヴァネッサには食事以外のことが目に見えていないらしい。

「ええ……。よろしければそちらのお皿も頂いてよろしいですか？」

旺盛《おうせい》な食欲を発揮し、おかわりを欲《ほっ》するヴァネッサ。

（すごいな。流動食でも食べるのが精一杯《せいいっぱい》と思っていたけど、身体強化の効果がかなり発揮されている）

精霊術で身体強化を施している張本人であるリオも目をみはっている。

「台車ごと持ってきなさい」

クリスティーナが嘆息《たんそく》して指示すると、給仕の者達がそそくさと台車を押してきた。それから、固形物も積極的に口に含《ふく》んだり、がっつきすぎてむせそうになり、飲み物で流し込んだりと、リオ達はヴァネッサの旺盛すぎる食欲を見せつけられることになる。

会話はなく、ヴァネッサはただただ遮二無二《しゃにむに》食べ物を口に入れ続ける。そんな彼女《かのじょ》の様子を見て「とりあえず大丈夫そうだな」と感じた一同であった。

◇　◇　◇

そして、数十分後。リオはクリスティーナとフローラに連れられて、三人でヴァネッサの病室を後にしていた。

ヴァネッサは必要な食事を摂取し終え、今は再び糸が切れたようにぐっすりと眠りに就いている。食後すぐに寝るのは身体に大きな負担がかかるため、身体能力強化魔術《まじゅつ》が込められた腕輪《うでわ》を装着させて、魔力を外部から供給し続けることで魔術を発動させ続け、体内を活性化させた状態で眠らせてある。

満足げにぐっすり眠るヴァネッサの顔を見てこのままこの部屋にいても仕方がないからと、クリスティーナの提案でとある場所へ向かうことになったのだ。ユグノー公爵とロダン侯爵《こうしゃく》は必要な情報共有があるからと、別行動することになった。

「すごい食欲でしたね、ヴァネッサ」

フローラが病室での出来事を振《ふ》り返り、感心したように言う。

「呆れるほどにね。けど、良かったわ」

クリスティーナも安堵から笑いを滲《にじ》ませて――、

「本当にありがとうございました、アマカワ卿。借りを作るばかりですが、このお礼もしっかりとさせてください」

リオに礼を言った。

「いいえ、治癒したのはクリスティーナ様ですから」

「ですが、アマカワ卿も何か術を発動させていましたよね？」

と、クリスティーナはリオの顔を横から覗《のぞ》いて尋ねる。

「ええ、まあ……。ですが、他の方達に私がしていたことを教えるわけにはいきませんので、本当にお礼はいりません」

リオは頷きつつ、お礼については辞退した。精霊《せいれい》術のことはクリスティーナとフローラに教えたが、他の者達にまで教えるつもりはないからだ。だが――、

「……ならば私が個人的にできることで、何かお礼をいたします」

借りを作る一方で、クリスティーナも譲《ゆず》るわけにはいかない。公的に礼はできないとしても、個人的にできるお礼はしたいと伝えた。

「私も、ハルト様のためにお礼をさせてください」

フローラもすかさず申し出る。

「では、またいつか機会がありましたら。今は行く場所もありますし」

リオは少し困り顔で話題を変えた。

「……はい。ちょうど着きますね。この部屋です」

クリスティーナは領館の城塞《じょうさい》内にある一室の外で立ち止まる。

「本当によろしいんですか、入ってしまっても？」

リオが躊躇《ためら》いがちに確認した。というのも――、

「ええ、城塞内を歩き回って私とフローラの生存を顕示《けんじ》する意図もありますから。講義の途中《とちゅう》らしいので、中に入ってセリア先生から見学の許可を貰《もら》いましょう」

そう、これから入る部屋の中では、セリアがレストラシオンに所属する貴族の子弟達《していたち》に講義を行っている最中なのだ。

クリスティーナとフローラの生還《せいかん》は既にロダニア中の貴族に知《し》れ渡っているが、実際に無事な姿を見せることで構成員達の士気に与える影響《えいきょう》は大きい。すぐに着手するべき仕事もないのだからとクリスティーナの采配《さいはい》で城塞内を歩き回ることが決まり、「せっかくだからセリア先生の講義を見学にいきませんか？」とリオを誘《さそ》った形である。セリアはいくつかの講義を連続で行っているらしく、今は本日最後の講義を行っている最中だ。

（アイシア、これから中に入るから）

リオは入室する前にアイシアへ念話を送った。

（うん。セリアが慌《あわ》てている）

アイシアからすぐに返事がくる。講義を見学しに行くことが決まった時点でセリアを驚《おどろ》かさないようにと前もって伝えたのだが、どうやら動揺《どうよう》しているらしい。

すると、そうこうしている間にクリスティーナが部屋の扉をわずかに開けていて、中の様子を覗き込みながら扉を押し込んだ。

「入りましょう」

まずはクリスティーナが入室していき、フローラがその後ろを行く。

リオも二人に続いた。視界に教室の風景が入ってくる。部屋の作りは長方形で、中には十代前半から半ば程度の生徒達が所狭《ところせま》しと着席していた。

セリアはアイシア経由でリオ達がやってくるのは知っていたが、だからといって生徒達に「これからクリスティーナ様とフローラ様がいらっしゃいます」と伝えるわけにもいかない。あたかもリオ達の見学を知らなかった体《てい》で、前方に設置された教壇《きょうだん》に立って講義を行っていた。

だが、部屋の扉が開いたので、その瞬間に講義が中断される。生徒達の視線も一気に部

屋前方の扉《とびら》に向けられた。姿を現した人物がクリスティーナとフローラだからか、生徒達が一斉《いっせい》にざわつき始める。と――、

「み、みんな！　静かに、静かに！」

セリアが壇上《だんじょう》でパンパンと手を叩《たた》き、生徒達を静めようとした。それから、壇上を離《はな》れてそそくさとリオ達に近づいてきて――、

「これはクリスティーナ様、フローラ様。ハルトも……」

王女二人の無事な姿を見ることができたからか、あるいはリオの顔も久しぶりに見ることができたからか、セリアは少し感極《かんきわ》まったように目を潤《うる》ませた。

「突然《とつぜん》現れてお騒《さわ》がせしてしまいました」

と、クリスティーナが少し申し訳なさそうに言う。

「いえ。お二人のご無事な姿を拝謁《はいえつ》し、歓喜《かんき》の極みです。生徒達も喜んでいるようですので。ですが、いったいどうしてこちらに？」

セリアは首を傾げて尋ねてみせた。

「レストラシオンの未来ある若者達に私達が無事な姿を見せに来た……というのもありますが、アマカワ卿も同行しているので、セリア先生の講義を見学したいと思いまして」

クリスティーナが少し悪戯《いたずら》っぽく笑って説明する。その表情がなんというかとても自然

体で、嬉《うれ》しそうで――、

「……然様《さよう》でございますか。もちろん構いませんが、生徒達にそのことを伝えるので少しお待ちください」

セリアはちょっぴり瞠目してから、生徒達に視線を向けた。そして――、

「皆さん、本日は無事に生還されたクリスティーナ様とフローラ様がこの講義の様子をご見学になりたいとのことです」

声を張り上げて、教室内にいる生徒達に告げた。

「おおお！」

生徒達が嬉しそうにどよめく。彼《かれ》ら、彼女らもクリスティーナやフローラが生還してロダニアへ戻ってくることは知っていたが、その本業は学業である。港まで出迎《でむか》えに行きたいところをグッと我慢《がまん》してこうして講義に出席していたわけだが、当のクリスティーナ達の方から姿を見せてくれたとなれば喜ばないわけがないし、ましてや講義を見学すると聞けば張り切らないわけがなかった。

「静粛《せいしゅく》に、静粛に！　日頃《ひごろ》の講義風景をお見せする必要があります。張り切りすぎる必要はありませんが、情けない姿を晒《さら》してもいけませんよ？　気を引き締《ひし》めて、騒がないように。わかりましたか？」

と、セリアは再び手を叩き、生徒達に呼びかける。それで生徒達は上手《うま》く矜持《きょうじ》を刺激《しげき》されたのか、「はい！」と声を揃《そろ》えて返事をして一斉に静まった。

「流石《さすが》、お見事な手腕《しゅわん》ですね」

クリスティーナがセリアを褒《ほ》め称《たた》える。

「みんな良いところをお見せしようと、張り切っているみたいです」

セリアが苦笑《くしょう》して生徒を見回す。

「セリア先生の講義をまたこうして受けることができるなんて、夢みたいです。お姉様とハルト様も一緒《いっしょ》に……。本当に、夢だったんです」

フローラが心底嬉しそうに言う。フローラとクリスティーナがリオと肩《かた》を並べセリアの講義を受けるなど、ベルトラム王国の王立学院に通っていた頃《ころ》では決して考えられなかったことだ。学院にいた頃のリオはいつも一人で講義を受けていた。

（なんか、こう……、お二人の雰囲気《ふんいき》が以前と少し違《ちが》うような）

と、セリアが微《かす》かな違和感《いわかん》を抱《いだ》く。おそらくそれはリオの正体がクリスティーナとフローラに知られてしまったからなのだが、セリアはまだ知るよしもない。

「……夢が叶《かな》って良かったわね。さて、いつまでも講義を中断させるわけにはいきませんので、我々のことは構わず講義を再開してください」

　クリスティーナはフローラの心情を察したのか、優《やさ》しい顔になった。そして、セリアに講義の再開を促す。

「後ろの方の席が空いておりますので、よろしければお掛《か》けください」

「ありがとうございます。私も昔のことを思い出しながら、先生の講義を見学させていただきますので。では」

　リオとフローラを引き連れ教室の後ろに向かうクリスティーナ。そんな三人の移動を百人はいる生徒達が興味深そうに見つめていた。

「なあ。ところで誰なんだ、あの若い男の貴族は？」

「……アマカワ卿だろ。ガルアーク王国の名誉騎士《めいよきし》の。クリスティーナ様とフローラ様を救出した立役者だとか」

　などと、男子生徒達がリオに注目する。クリスティーナとフローラが同年代の見知らぬ男を連れて歩いているのだから、注目が集まるのは当然すぎる定めだ。

「俺らと大して年齢《ねんれい》が変わらないじゃないか……。クリスティーナ様がレストラシオンに合流なさった時にも手柄《てがら》を立てていただろ」

「その時に開かれたパーティにも顔を出していたらしいな」

「ガルアークの国王陛下や勇者様の肝《きも》いりらしいって聞いたぞ」

自分達とそう変わらない年頃《としごろ》でいったいどれだけ手柄を上げているんだと、男子生徒達の一部がひそひそ声で羨《うらや》ましそうに話している。

例えばクリスティーナがレストラシオンに合流した時のパーティなどではユグノー公爵やロダン侯爵が若い令嬢《れいじょう》をリオに近づけてあわよくばを狙《ねら》っていた関係上、若い男性貴族達の間ではまだあまり顔を知られていないリオだが、もちろん中には見知っている者もいて、その正体が特定されるに至っていた。

「さあ、それでは講義を再開しますよ」

セリアは後方の席で並んで座《すわ》るリオとクリスティーナ、フローラの姿を確認すると、柔《やわ》らかく頬《ほお》を緩《ゆる》めて講義の再開を宣言する。

（そういえばリオに私の講義を見てもらうのって、四年振りなのよね……。うん、私も張り切らなくっちゃ）

と、そんなことを思ったセリア。

それはリオも同じで――、

（まさかまた先生の講義を受けられるとは思わなかったな）

生徒達に教鞭《きょうべん》をとり始めたセリアの姿を微笑ましそうに眺《なが》める。セリアの容姿が四年前とまったく変わっていないものだから、本当に当時に戻《もど》った気になってしまった。違いが

あるとすれば――、

（言われるまま座ったけど……）

当時は隣《となり》にいるはずのない二人に挟《はさ》まれていると言うことくらいか。右を向けばクリスティーナがいて、左を向けばフローラがいる。

クリスティーナはお行儀《ぎょうぎ》よく座って、セリアの話にじっと耳を傾《かたむ》けていた。フローラは嬉しそうににこにこと笑《え》みを浮かべていたが、隣に座るリオからの視線に気づくと、照れくさそうにはにかむ。

（……よし、集中しよう）

リオはすぐに気を取り直すと、講義に集中することにした。

◇◇◇

数十分後。

「それでは、本日の講義を終了《しゅうりょう》します」

セリアが講義の終了を宣言した。

普段《ふだん》ならそれで生徒達が一斉に立ち上がり、セリアのもとへ質問に向かうなり、雑談を始めるなり、退室していくなりするのだが、今日はしんと教室が静まり返る。いつもみたいに質問が来るかなと室内を見回したが誰《だれ》も来ないので、セリアは教室の後方に座るリオ達に向かって恐る恐る歩きだした。

「相変わらず素晴《すば》らしい講義でした、セリア先生。久しぶりに先生の講義を受けることができて、初心に返ることができた気がします」

クリスティーナが近づいてきたセリアに講義の感想を告げる。

「光栄です。……けれど、大げさですよ」

セリアはこそばゆそうにはにかんだ。

「いえ、本当に、とても良かったですから。こうしてアマカワ卿やフローラとも一緒に講義を受けることもできて嬉しかったです」

クリスティーナは柔らかく口許をほころばせてかぶりを振り、リオとフローラに視線を向けた。

「本日は先生の講義を見学させていただき、ありがとうございました、セリア先生」

フローラも声を弾《はず》ませて話に加わる。

「こちらこそ。フローラ様が楽しそうに話を聞いてくださっているのが伝わってきて、私も楽しく講義ができました」

講義中はフローラがずっとにこにこと笑みを浮かべていたのが壇上にいたセリアからは見えていたので、それを思い出して微笑む。

「あはは、クリスティーナ様とフローラ様がいらっしゃったおかげです。あ、そうだ。せっかくなので会わせたい子達《たち》がいるんです。この場でお呼びしてもよろしいですか？」

生徒達の心情を察して苦笑するセリアだったが、ふと思い出したように、そんなことを言う。

「ええ、無論です」

誰を呼ぶのかわからないからか、クリスティーナが首肯《しゅこう》してからわずかに首を傾げる。

「サイキ君、ムラクモ君」

セリアはとある生徒達の苗字《みょうじ》を呼んだ。

「ああ、あの二人も講義を受けているんでしたね」

クリスティーナが二人の苗字を聞いて得心する。斉木《さいき》怜《れい》と村雲浩太《むらくもこうた》。クリスティーナと一緒にベルトラム王国城を抜《ぬ》け出《だ》してロダニアまでやってきた二人だ。

（そういえば怜さんは貴族令嬢とお付き合いをすることになったって言っていたっけ。浩太さんは冒険者《ぼうけんしゃ》になる前にしばらくレストラシオンで訓練を受けるとか……）

と、リオは旅立つ前に二人と会ったときのことを思い出す。

「あの二人は元気にやっているのでしょうか？」

と、クリスティーナが尋ねる。

「ええ。二人とも優秀《ゆうしゅう》な魔道士《まどうし》になれる才能があるんですよ。いつもダンディ男爵《だんしゃく》家やジルベール男爵家のお嬢《じょう》さん達と一緒に講義を受けているんですけど……、あれ、帰っちゃった？　サイキ君、ムラクモ君？」

呼んだ二人がなかなか来ないので、セリアは二人がいるはずの席に視線を向けた。すると、生徒達の注目もとある一角に集まる。果たして、そこには――、

「せ、先輩《せんぱい》、まずいですよ。呼ばれているんだから」

「コウタ様の仰《おつしや》る通りですわ。お呼ばれしたのですから参上しないと。クリスティーナ様とフローラ様もいらっしゃるのですから」

「い、いや、いま出ていったら絶対に目立つじゃないか」

呼ばれている二人がいた。浩太、怜、そして怜と交際しているローザ＝ダンディの順に並んで着席している。

どうやら怜が目立つのを嫌《いや》がっているらしく、浩太とローザから焦《あせ》りを帯びたひそひそ声で移動を促されている。怜は頭を低くして、身を潜《ひそ》めていた。

「そうなさっている方が目立つと思いますよ？　出て行くのが遅《おく》れれば遅れるほどに」

ローザの隣に座るミカエラ＝ベルモンドという名の少女がおかしそうに指摘《してき》する。

「くっ……、仕方がないのか。行くぞ、浩太。ローザも一緒に来てくれ」

怜は覚悟《かくご》を決めたのか、後輩《こうはい》の浩太を促しつつ、婚約者《こんやくしゃ》であるローザの手を掴んで立ち上がった。

「ちょ、レイ様？」

「三人とも、行ってらっしゃいませ」

ミカエラが手を振って三人を見送る。

「なぜ私まで……」

と、ローザが緊張した面持《おもも》ちで呟《つぶや》いていた。

（確かに二人とも元気そうだ）

一緒に旅をしていた頃とまったく変わっていない。

リオはくすりと笑みをこぼす。

「あはは……」

と、苦笑するセリア。

「二人とも元気そうね」

クリスティーナが呆れ気味に笑い、近づいてきた浩太と怜に語りかけた。二人とはほとんど面識がないから、フローラは少し人見知りしている様子で後ろに下がっている。

「はい、おかげ様で。王女様もご無事で何よりです」

浩太がぺこりと頭を下げて頷《うなず》く。

「えー、クリスティーナ様とフローラ様におかれましては、ご無事に……、お戻りになりまして、お喜び申し上げます」

怜が胸元《むなもと》に手を当て、恭《うやうや》しくこの世界の貴族流の挨拶《あいさつ》をした。その言葉遣《ことばづか》いはいささか怪《あや》しくはあったが、きちんとしようとしていることは伝わる。

「ええ、またしてもアマカワ卿のおかげで」

と、クリスティーナがリオを見て言う。

「お久しぶりですね、怜さん、浩太さん。二人ともお元気そうで何よりです」

リオが浩太と怜に語りかける。

「聞きましたよ。今回も王女様達を救ったとか。すごいですね、ハルトさんは」

浩太が強く感心したように言った。

「ええ、すっかり時の人ですよ、アマカワ卿は」

怜がうんうんと首を縦に振る。

「……怜さんはなんだか、以前と少し喋《しゃべ》り方《かた》が変わりましたか？」

妙《みょう》に貴族的な喋り方をするようになった気がした。

「あー、いや、今は周囲の目もありますし、婚約者から言葉遣いなどを色々と教わっている最中でして。アマカワ卿は他国の貴族ですし、伯爵《はくしゃく》相当の名誉騎士ですから、ちゃんとしないと後で怒《おこ》られるといいますか……」

と、怜はローザを見ながら正直に語る。

「…………」

変なことを言わないでくださいと、ローザが無言のまま視線で訴える。

「しょ……、正直、すごく緊張します。疲《つか》れますね、貴族って」

怜はローザの視線に気づき、少し焦ったように笑って誤魔化《ごまか》した。

「ですね。婚約《こんやく》したということは、怜さんは貴族になったんですか？」

リオはおかしそうに同意してから、怜の近況《きんきょう》を尋ねる。

「はい。今は準男爵の爵位《しゃくい》をクリスティーナ様から頂戴《ちょうだい》しています。彼女が婚約者のローザ＝ダンディです」

怜は隣に立つローザをリオに紹介《しょうかい》する。

「は、初めまして。ローザ＝ダンディと申します。クリスティーナ様にフローラ様、アマカワ卿にご挨拶する栄誉《えいよ》を賜《たまわ》り、光栄の極《きわ》みでございます」

ローザはだいぶ緊張《きんちょう》しているようだが、怜よりはもっと貴族らしく自己紹介《じこしょうかい》した。男爵《だんしゃく》令嬢《れいじょう》からすれば王女二人は目上の存在すぎて話をする機会など日常ではまずない。名誉騎士であるリオも身分的には伯爵相当で高位貴族に分類されるし、怜が言ったように時の人物であるから、ローザが緊張するのは無理もなかった。

「そうでしたか。初めまして、ハルト＝アマカワと申します」

リオは行儀よくローザに挨拶を返す。

「アマカワ卿のお話はレイ様からもかねがねお聞きしておりまして、その、お会いできて光栄です」

「いえ、こちらこそ怜さんにはロダニアまでの旅の間にお世話になったので」

「いやあ、ほとんどアマカワ卿に頼《たよ》りっぱなしだった気が……」

リオの言葉を受けて、怜がぽりぽりと頬《ほお》を掻《か》いて呟く。すると――、

「ローザといったわね。サイキ準男爵は勇者ルイ様のご友人ですから、貴方《あなた》がしっかりと補佐《ほさ》してさしあげなさい」

クリスティーナからローザに言葉が向けられた。

「は、はい！　しかと、承《うけたまわ》りました」

ローザは粛々《しゅくしゅく》とこうべを垂れる。

「貴方達《あなたたち》二人ともまたゆっくりと話をと思うのだけれど、この場では落ち着かないわね。またどこかで……。そうね、一週間後にまたガルアーク王国の王都へ向かうのだけれど、貴方達も来てくれないかしら？」

と、クリスティーナは話しながら途中で思いついたように、浩太と怜にガルアーク王国までの同行を促《うなが》す。

「……ガルアーク王国の王都に？」

「ええ。構いませんが……」

浩太と怜が目線を合わせてから頷く。

「じゃあ、改めて連絡《れんらく》をするから、そのつもりで」

と、クリスティーナ。

「はい」

二人の返事が重なる。

「セリア先生はこのままお時間を頂いてもよろしいでしょうか？　アマカワ卿とフローラと、四人で少しお話をできればと」

「はい。今日はもう講義もありませんので、喜んで」

「では、移動しましょうか。このまま我々がここにいると生徒達も帰れなそうなので」

そう言って、立ち上がるクリスティーナ。こうして、リオ達は場所を改めて話をすることになったのだった。

【第五章】 情報共有

　リオ達は講義室を離れ、領館の応接室へと移動していた。クリスティーナとフローラ、リオとセリアがそれぞれ隣に座り、テーブルを挟んで互《たが》いに向かい合っている。

「さて、先生をお招きして我々四人の席を設けさせていただいたのは、大事な話があるからなのですが……」

　クリスティーナが粛々と語りだし、リオの顔色を窺《うかが》うように視線を向ける。リオはこくりと小さく首を縦に振った。そして、そんな二人のやりとりを、フローラが固唾《かたず》を呑《の》んで見守っている。

「……はい、どんな話でしょうか？」

　セリアが姿勢を正す。一同の表情から何となく重たい雰囲気を察したらしい。と――、

「話というのは俺《おれ》と先生の関係が絡《から》む話についてです。こう言えば予想がつきますか？」

　リオがクリスティーナとフローラのいる前で、あえてセリアのことを先生と呼びながら話に加わった。

「……えっと、もしかして……」

強く躊躇うセリア。すぐに勘付《かんづ》いたようではあるが、迂闊《うかつ》に言及《げんきゅう》してはいけないと考えているのか、二の句を告げずにいる。

「俺がリオであることがクリスティーナ様とフローラ様に知られました」

リオは特に焦った様子もなく、堂々とカミングアウトした。一方——、

「…………そ、そう？　って、それはどう反応すればいいの？」

困るのはセリアである。何がどういう経緯《けいい》でリオの正体が知られたのか、知られた結果どうなったのかがまだわからないので、もしもまずい話の展開になっていたらどうしようかと勘《かん》ぐって冷《ひ》や汗《あせ》を流す。すると——、

「アマカワ卿の正体がかつての彼……、その、リオという名の少年であったことを知ったからといって、我々がそのことで何かをするつもりはございません。レストラシオンの中でその事実を知るのは私達三人だけ。この秘密は墓場まで持っていくつもりです」

「はい、リオ様のことは絶対に誰にも言いません！」

などと、クリスティーナとフローラが決然と訴える。

「お二人とも……」

二人の態度を見て、セリアは安堵《あんど》から胸をなで下ろす。

「セリア先生とは情報を共有しておいた方がいいだろうという話になったので、こうしてお伝えする場を用意することになりました」

「その目的はもう達成されたと見て良さそうですね」

リオが経緯を説明すると、クリスティーナが喜びを覗かせて相槌《あいづち》を打った。

「はい。とは言っても、何か質問もあるかもしれませんから、お互いに何か疑問や確認《かくにん》しておくことがございましたら、今の機会にどうぞ」

リオが三人の顔を見回して告げる。

「質問……、質問といっても……。色々と頭に疑問は思《おも》い浮《う》かんだけど、驚いたのと緊張したのと、ホッとしたので、全部吹《ふ》き飛《と》んでしまったわ」

セリアがあははと、疲れ顔でリオを見て言う。短時間で立て続けに状況《じょうきょう》を理解していったのだから、無理もない。ただ――、

「……でも、今の心境を申し上げますと、なんだかすごく新鮮《しんせん》です。クリスティーナ様がお話の中でリオの名前を口にされたのもそうですし、学院時代は一緒にいる姿をただの一度も見かけたことがなかった三人がこうして一緒にいるのも、そして私がその場に居合わせているのも……」

セリアはそう付け加えて、安らかな表情になる。

「確かにお姉様の口からリオ様のお名前が出るとすごく不思議です。学院時代は徹底《てってい》して距離《きょり》を置かれていて、リオ様と言葉を交《か》わすことはおろか、リオ様がいない前でお名前を口にすることすらありませんでしたから」

フローラが強く頷いて同意した。

「それは、その、私も未熟だったし、かつての彼とは、立場的に距離を置くべきだとも思っていて……」

クリスティーナは珍《めずら》しく顔を赤くして恥《は》ずかしがる。

「ハルトではないリオのことはかつての彼、と呼ぶのですね。リオは目の前にいるのに」

ふふっと笑うセリア。

リオという名前を口にするだけで恥ずかしいのだろう。

「……他になんとお呼びすればいいのか、わからないものですから」

クリスティーナはさらに赤面して俯《うつむ》く。リオ様というのは変な気がするし、リオさんというも変だし、リオと呼び捨てにするのは駄目《だめ》だし、リオ氏というのもおかしい。他にどう呼ぶのがいいのかわからず、無難にかつての彼という呼称《こしょう》を選択《せんたく》したというわけだ。

「私は昔からずっとリオ様です！　その、今はもう、そうお呼びするわけにもいきませんが……」

それが最もしっくりくると、フローラは表情で物語った。

「私がどれだけ止めなさいと言っても、貴方は昔からアマカワ卿《きょう》のことばかり気にしていたものね」

クリスティーナは少しセンチメンタルな顔で当時を振り返《かえ》る。

「だって、私を助けたばかりにリオ様にはご迷惑《めいわく》ばかりをおかけして……」

フローラはしゅんと項垂《うなだ》れた。

「フローラ様のせいではありませんよ。私が学院という身分社会の中で極めて異端《いたん》な存在だったというだけです」

「それは……それは私達の不徳とするところです。私を助けなければリオ様が学院に入ることはありませんでしたし、そうであれば野外演習で冤罪《えんざい》をかけられることも……。助けてもらったのに、私が何もできず、無力だったばかりに……」

リオが気にする必要はないと振る舞《ま》うが、フローラはどんどん自分を追《お》い詰《つ》めるように思い詰めていく。だが――、

「ですが、学院に入っていなければ先生、セリアと出会うことはありませんでした。それではとても困ってしまいます」

リオが少し悪戯っぽく笑って言う。

そんなリオの発言に不意を衝《つ》かれたのか――、

「なっ……!?」

セリアの顔が真っ赤になる。

「アマカワ卿とセリア先生は当時から親しい雰囲気がありましたよね」

クリスティーナが二人の表情を窺いながら、過去の関係について言及した。

「リオを悪く思う生徒達に目をつけられないようにはしていたつもりだったのですが、お気づきでしたか？　二人で会うのは当時の私の研究室にするようにしていたのですが」

「生徒達がいる前では親しげに話している姿を見せていることはなかったと思います。ですが時折、放課後などに二人でいる姿をお見かけしたことはありましたので」

「なるほど……」

ということは、リオとは距離を置きつつも、いや、距離を置くように意識していたからこそ、自然とリオのことをよく見て気づいたのかもしれない。

セリアはそう思ったが、指摘するとクリスティーナが恥ずかしがってしまいそうなので言葉を呑み込む。が――、

「今振り返ると、お姉様もきちんとリオ様のことを見ていらっしゃったんですよね」

フローラが代わりに言及してしまった。

「……貴方がよく見ていたから、私もそれに気づいて注目せざるをえなかったのよ」

クリスティーナは照れを誤魔化すためなのか、少し素っ気なく言う。だが――、

「……けれど、当時のアマカワ卿が目を引く存在であることも事実ではありました。孤児だったとは思えぬほどの吸収力で教養を身につけ、研鑽《けんさん》を積んできた学院の貴族達の成績を編入からわずかな時間で抜き去《さ》った。今では王国最強のアルフレッドすら倒《たお》すほどの剣《けん》才も秘《ひ》めていた。実際、当時の貴方からはそういった突出《とっしゅつ》した才覚を秘めているような何かをよく感じていました」

と、リオに注目していた理由も同時に打ち明けた。

「そのように大したものでは……」

「ありますよ。幼少期に天才などともてはやされてのぼせ上がっていた自分が恥ずかしくなるくらいに、貴方は突出している。突出しすぎている。ですが、アマカワ卿の正体を知り、腑《ふ》に落ちたことがあります。その、これは訊《き》いていいものかわからずなかなか切り出せずにいたことなのですが……」

「何でしょうか？」

リオが小首を傾《かし》げて話の続きを促す。すると――、

「……アマカワ卿の母上は王族だったと、ルシウスは言っていましたよね」

クリスティーナはリオの母アヤメの存在を持ち出した。

「…………えっ⁉」

たっぷり間を開けてから、セリアが仰天《ぎょうてん》する。

「……え？」

クリスティーナも戸惑《とまど》う。

「実はセリアには私の母が王族だったことを教えていないんです」

リオは少しバツが悪そうに頬を掻き、セリアが驚いた理由を述べた。

「そ、そうだったのですか⁉　も、申し訳ございません！」

やらかしてしまったと、クリスティーナは慌てて謝罪する。

「いえ、そういえばルシウスとの戦闘《せんとう》の最中にその話が出ていたんですよね。とりたてて強く口止めもしておりませんでしたし、セリアになら知られても問題はないので、お気になさらず。あえて人にするような話ではないと言いますか、言いづらい話だったので今まで伏《ふ》せていたのですが、ちょうど良い機会なのかもしれません」

リオはさして怒った様子もなく、クリスティーナを落ち着かせた。

「では、本当に……？」

というクリスティーナの言葉を受け、フローラとセリアの視線もリオに向けられる。

「ええ、私の母はとある国の王族でした」

と、リオはハッキリとした声で肯定《こうてい》した。

「……か、かなり衝撃《しょうげき》を受けているんだけど、つまりリオのお母様はクリスティーナ様やフローラ様のようにお姫様《ひめさま》だった、ってこと、よね？」

セリアがどぎまぎとしながら確認する。

「そうだったみたいです」

「だったみたいって。とんでもないことよ、それ……。つまり、リオも王族ってことでしょう？」

セリアが顔を引きつらせる。

「そうといえばそうなのかもしれませんが、俺もその事実を知ったのはベルトラム王国を去った後、ほんの一、二年前のことでして。母が移民であることや、俺がスラム街で暮らしていたことからもわかる通り、事情が複雑なんです。俺も自分が王族だとは思っていませんので」

だから気にしないでほしいと、リオは軽く流そうとした。しかし――、

「……アマカワ卿がそう思っておられなくとも、そう単純な話でもありません。仮にアマカワ卿がベルトラム王国と交流のある国の王族であるのなら、過去にベルトラム王国が貴

方にした仕打ちはいずれも深刻な国際問題を引き起こす行いばかりです。もちろん、貴方が王族であろうがなかろうが、許されざる行いであることに変わりはありませんが」

国同士の関係において王族という立場には特別な価値が込められているのだと、クリスティーナは表情を強張《こわば》らせて指摘する。

「私の母はヤグモ地方にあるカラスキ王国の生まれだそうです。ベルトラム王国とは一切《いっさい》の交流がないはずなので、そこはご安心を」

「そういうわけにも……。ほんの一、二年前に知ったということは、アマカワ卿は母君の祖国で親類である王族の方々とお会いになったということですよね？」

クリスティーナが確認する。つまりは、その気になればリオはカラスキ王国の王族の地位を主張できるのではないだろうか？　そう思ったのだろう。

「祖父母である国王夫妻とはお会いしました。ですが、先に申し上げた通り事情が複雑でして、私が母の祖国で王族として扱《あつか》われることは決してありません」

「それは……、伺《うかが》っても大丈夫《だいじょうぶ》なことなのでしょうか？」

クリスティーナがおずおずと尋《たず》ねた。

「……カラスキ王国では国王夫妻と一部の者しか知らない秘匿《ひとく》中の秘匿とされている事実です。ですが、シュトラール地方とヤグモ地方の交流は皆無《かいむ》ですからね。誰にも口外しないというのであればお話ししても構いません。少し長くなってしまうと思いますが……」

と、リオは少し思案してから答える。

「絶対に口外はいたしません」

クリスティーナが険しい表情で宣言した。フローラとセリアも神妙《しんみょう》な面持ちで頷き同意している。

「わかりました。では、どこからお話ししましょうか……」

リオはそう前置きすると、両親の過去についての話をすることにしたのだった。

◇　◇　◇

リオは両親のことについて話をする前に、ベルトラム王国を立ち去ってヤグモ地方にたどり着くまでのことも掻い摘《つ》まんで説明することにした。それを説明しておいた方が理解が進むと思ったからだ。

四年前の野外演習の後、ベルトラム王国を立ち去って両親の故郷であるヤグモ地方へ向かったこと、ヤグモ地方にたどり着きはしたが両親の故郷を捜《さが》して回るのにはだいぶ苦労したこと、各地の町や村を歩き回り、ようやく父方の親類と出逢《であ》うことができたこと。

しばらく父ゼンが生まれ育った村で祖母と従姉《いとこ》と暮らすことになったこと、それで父親がもとは農民の生まれだったと知ったこと。

ある日、両親のことを知る武士ゴウキが村を訪《おとず》れてきたこと、ゴウキはリオの母であるアヤメに仕えていたこと、武の才能に恵《めぐ》まれていた父親は敵国との戦《いくさ》を経て武士へと出世し、ゴウキと一緒にアヤメの護衛役になったこと。

母アヤメがゼンを好いていたが、叶わぬ恋《こい》であったこと。そんなある日、敵国との和平が決まりかけてカラスキ王国へ敵国の王子が来たが、それがカラスキ王国を陥《おとしい》れるための罠《わな》であったこと。結果、アヤメが敵国王子の側近に誘拐《ゆうかい》されかけたが、ゼンが見事に護衛してみせたこと。しかし、敵国の王子はゼンに側近を殺されたと国際問題を提起し、謝罪の証《あかし》としてアヤメの身柄《みがら》とゼンの処刑《しょけい》を要求してきたこと。

決まりかけていた和平が台無しになり、カラスキ王国内の公家《くげ》や武家などを筆頭に国民感情が爆発《ばくはつ》して、敵国の要求通りにゼンとアヤメを差し出せと強い反発の声が上がっていたこと。

そんな折、ゼンとアヤメを逃亡《とうぼう》させて不満のはけ口を二人に向けさせ、もはや戦で事態を解決するほかないという空気が演出されたこと。それでカラスキ王国は敵国との戦争に踏み切ることができ、見事に勝利を収めたこと。

しかし、ゼンとアヤメが逃亡した事実をなかったことにはできず、二人は大罪人として国を立ち去ることになり、安息の地を求めてシュトラール地方へと向かったこと。

「……概要《がいよう》は以上です。あとは想像がつくと思いますが、私の両親は身分を捨ててベルトラム王国で結婚《けっこん》し、私が生まれました。以降はまだ物心ついて間もない頃《ころ》に父がルシウスに殺され、その数年後に母もルシウスに殺され、私だけがスラム街で生きながらえた。そうして皆《みな》さんと出会ったんです。フローラ様が誘拐されて、皆さんがそれを捜索《そうさく》なさっていたあの日のことですね」

リオは最後にそうまとめて、長い話を締《し》めくくった。のだが――、

「うっ、う……」

セリアとフローラが号泣《ごうきゅう》している。

「あの、二人とも？」

リオが困り顔で二人に話しかける。

「ひどいです。なんで、なんで、そんな……」

と、フローラが涙《なみだ》ながらに訴《うった》え、ハンカチで目許《めもと》を拭《ぬぐ》う。

「…………」

セリアは口許《くちもと》を手で押《お》さえ、完全に言葉を失っている。

「私の両親のために泣いてくださるのは嬉《うれ》しいのですが、もう二十年以上も過去の話ですから」

そこまで泣かないでくださいと、リオが困ったようにいう。すると――、

「ち、違《ちが》う！」

セリアがソファから立ち上がらんばかりの勢いで力強く訴えた。

「な、何が？」

違うというのか？

リオが上ずった声で首を傾げる。

「ご両親のこともそうだけど、リオのことでも泣いているの！」

と、セリアは主張した。

「な、なるほど……。ですが、部分的には知っている話もありましたよね？　私がスラム街で暮らすことになった経緯とか」

クリスティーナやフローラがいる前でも、以前に話をしたことがある。

「そうだけど、全部は知らなかったもん！　ご両親の過去の話とか、もっと色んな悲しい出来事があってリオがあのスラム街で一人で暮らしていたんだって思うと、リオに救いがなさすぎて、悲しいの！　当時の私は何も知らずに幸せに生きていて……」

セリアが思い詰めたような顔で、涙ながらに訴えた。

「……ありがとうございます。ですが、今はもう一人ではないので。だから、泣かないでください。というより、泣かないでいただけると嬉しいです。セリアには笑っていてほしいので」

「…………そ、その言い方はずるい」

セリアはそれ以上の言葉を継《つ》ぐことができず、俯いてしまう。その一方で、ようやく涙が収まってきたフローラと、少し複雑な表情で二人のやりとりを黙《だま》って見つめているクリスティーナ。

（……この二人は本当に深い絆《きずな》で結ばれているのね）

自分達が何もせずに知らんぷりを決め込んでいた五年間に、リオとセリアが強固な信頼《しんらい》関係を築きあげていたことが痛いほどに伝わってくる。ゆえに、クリスティーナは後ろ暗さからほぞを噛《か》んでいた。

パラディアから戻《もど》るまでの短い日数でリオという少年の優《やさ》しさや懐《ふところ》の深さに触《ふ》れてきたがゆえに、その優しさに甘《あま》えたいという衝動《しょうどう》に駆《か》られることがあった。勘違《かんちが》いしてしまいそうになってしまうことがあった。

けれど、そこを勘違いしてはいけないのだ。クリスティーナはキュッと唇《くちびる》を噛んで、己《おのれ》を戒《いまし》めた。

（アマカワ卿の優しさはセリア先生に向けられたもの。だから……）

クリスティーナは小さく深呼吸をして、今この部屋にいる誰よりも冷静に心を落ち着けると——、

「少し、よろしいでしょうか？」

自分の存在をアピールするように挙手をして、リオとセリアに話しかける。

「も、申し訳ございません。私、すっかり夢中になって話し込んでしまい」

セリアはクリスティーナを置いてけぼりにして感情的になっていたことを恥じ、慌《あわ》てて謝罪する。

「いえ、お二人の絆の強さが窺えました。とても素敵《すてき》な関係だと思います。だからこそ、一つ提案があるんです」

「提案、ですか？」

何か知っている？　と、セリアがリオの顔を見る。リオは小さくかぶりを振《ふ》って、クリスティーナがしようとしている提案に心当たりがないことを示した。

「私はかつてクレイアでセリア先生へレストラシオンに所属するよう勧誘《かんゆう》し、現在はこうしてロダニアで仕事に就《つ》いてもらっています。ですが、セリア先生には今後アマカワ卿と

行動を共にしていただきたいのです」

「私が……リオと？」

セリアはぱちぱちと瞬《まばた》きをしてから、隣《となり》に座《すわ》るリオを見た。

「はい。レストラシオンという組織に席は残していただきますが、アマカワ卿がロダニアに滞在《たいざい》するのならロダニアに、新たに下賜《かし》されたガルアーク王国の屋敷《やしき》に滞在するのであればそちらに、ミハルさん達が暮らされているという家に暮らしていただいても構いません。無論、別行動せざるをえない時まで一緒《いっしょ》に行動してほしいというわけではありませんが、要はアマカワ卿の補佐役《ほさやく》の任に就いていただきたいと考えています」

クリスティーナは向かいに座る二人を見て、より詳細《しょうさい》に語る。

「えっと、急なお話で混乱していると申しますか……」

当然といえば当然だが、急な話すぎてセリアは戸惑う。

「何を申し上げてもただのおためごかしにしかならないので率直《そっちょく》に申し上げますが、セリア先生にはレストラシオンとアマカワ卿を繋《つな》ぐ架《か》け橋《はし》になっていただきたいのです。セリア先生以外のレストラシオンの貴族には任せることができない大役だと考えた上でお願いしています」

クリスティーナはその目的を端的《たんてき》に説明した。

「…………」

やはり即答《そくとう》しかねるのか、逡巡《しゅんじゅん》したように押し黙るセリア。すると――、

「アマカワ卿には少しお話ししましたが、今後、アマカワ卿を引き込もうとレストラシオンに所属する貴族からの縁談《えんだん》が増えていくことが予想されます。ですが、セリア先生がアマカワ卿の補佐役に正式に就くことで、そういった流れを大きく牽制《けんせい》できるのではないかと考えました」

クリスティーナが説明を続けた。

「…………それはつまり、セリアを私の婚約者の候補に、ということですか？」

リオが確かめる。セリアもそういうことを意図した話なのではないかと理解はしているのか、ドキッとしたように身体を震《ふる》わせていた。

一方で、フローラもギョッと目を見開いている。セリアをリオの婚約者候補にという話はガルアーク王国城でクリスティーナとユグノー公爵《こうしゃく》がしていた話であったが、まさかこの場でいきなりその話をするとは予想していなかったといったところか。

「それはお二人の関係次第《しだい》です。私には無理強《むりじ》いはできませんし、他の誰《だれ》にも強要はさせません。ですが、レストラシオンに所属する者達《たち》からの縁談を防ぐためには、対外的にはそういう関係であると受け止められるように見せる必要もあるでしょう」

「……それはその、リオをレストラシオンに引き込むために、でしょうか？」

そんな真似《まね》はしたくないのか、セリアが気の引けた様子で尋ねる。

「信じてもらえるかはわかりませんが、私個人はアマカワ卿とセリア先生の関係を利用して組織に益《えき》をもたらすことには断じて反対です。かつてアマカワ卿に行った仕打ちを鑑《かんが》みれば、そのような厚顔無恥《こうがんむち》な真似はできません。ですが、レストラシオンに所属する貴族達はアマカワ卿の正体を知りません。それゆえに、アマカワ卿を取り込もうと画策するでしょう。それがレストラシオンにとって利益をもたらしてくれるのは自明の理ですから」

クリスティーナは皮肉めいた笑《え》みを覗《のぞ》かせて語った。その上で――、

「適切な比喩《ひゆ》かはわかりませんが、あえて婚姻《こんいん》に例えるなら、レストラシオンに所属するセリア先生のもとへアマカワ卿に行ってもらうのではなく、アマカワ卿のもとへ、レストラシオンに所属するセリア先生が嫁ぎにいってほしいんです」

と、言葉を続けて力説する。

「な、なるほど……。私がリオに嫁ぎにいくと」

結婚で例えられたからか、セリアの顔が少し赤くなった。貴族的な見方をすれば、誰かの家に嫁ぎに行くのと、よその家から自分の家に来てもらうのとでは大きく意味が異なる。

すなわち――、

「アマカワ卿の補佐役に付いた場合、以降、セリア先生はレストラシオンの利益を最優先に考えて動く必要はありません。最優先すべきはアマカワ卿の利益で、その次にレストラシオンの利益がある。先ほどレストラシオンとアマカワ卿を繋ぐ架け橋になっていただきたいと申し上げましたが、アマカワ卿とレストラシオンの利益が衝突《しょうとつ》しそうになった際にはアマカワ卿の側に立ち、アマカワ卿の利益を優先していただいて結構です」

ということだ。

「いかがでしょうか？　名目としてはレストラシオンが保持する最高の魔道士《まどうし》であるセリア先生を補佐役としてアマカワ卿に貸し出す、ということにするつもりです。レストラシオンのためにしてほしいことといえば、定期的に私のもとへ顔を出していただけると貴族達を納得《なっとく》させる材料となるので嬉しいということくらいでしょうか」

クリスティーナはリオとセリアの顔を見て訊く。すると――、

「……補佐役というのは表向きは、ということですよね？　今のお話を踏《ふ》まえると、私の補佐役に就くことでセリアは私への縁談を防ぎ止めるための口実となり、私の婚約者候補《こんやくしゃ》としても見なされてしまうことになる」

リオが懸念《けねん》すべき事項《じこう》を口にした。それで以降、セリアは誰とも結婚できなくなってしまう恐《おそ》れがあるのだ。

「はい。縁談を断る口実として補佐役の任を利用する場合はもちろん、口実として利用しない場合も貴族達には少なからずそのように勘ぐられることでしょう」

「であれば、承諾《しょうだく》いたしかねます。セリアの人生が関《かか》わる問題にもなりえます。縁談は都度、私のもとへきても自分でお断りしますので」

「セリア先生の人生に関わる問題であるというのは私も同感です。だから、セリア先生のご判断にお任せしたいと考えております。今すぐに返事を、とも考えてはおりません。確定にあたってはフランソワ国王陛下にもお伝えする必要はありますし、お二人で話し合う必要があるのならそれまでお待ちします」

などと、リオとクリスティーナが語り合っていると――、

「……いえ、その必要は……ありません。クリスティーナ様、リオの補佐役、私にやらせてください」

セリアが自分からリオの補佐役に就きたいと申し出た。緊張しているのか、息を吞んでいる。

「……セリア？」

と、名前を呼んで、リオは隣に座る恩師をまじまじと見つめた。

「い、いいの！　私、決めたから！」

セリアが上ずった声で主張する。

「ですが……」

「い、言っておくけど、組織のためじゃないんだからね。貴方が私にそうしてくれたように、私も貴方に恩返しをしたいって思っただけ。私なんかが補佐に就いたところで、大して恩は返せないのかもしれないけど……」

「……そんなことはないです」

「なら、決まり。私の婚期《こんき》のことを気にしているのなら、心配いらないわよ。学院にいた頃も言っていたでしょ。私、当分は結婚するつもりはないって」

「…………………」

結婚はした方がいいとか、当分では済まないかもしれないんですよとか、リオは何か言おうと口を開いたが、何も言えなかった。おそらくルシウスに復讐《ふくしゅう》を果たす前であったのならば言っていたように思える言葉が、出てこなかった。けど、それがなぜなのかはわからなくて……。すると――、

「それに私、別に好きでもない人と無理して結婚したくないもん。だったら、待つ。ずっと待つ。一生独身でもリオと一緒にいたい。リ、リオは……迷惑かもしれないけど」

セリアが押し黙るリオに思いの丈《たけ》をぶつける。

「迷惑では……ないです。もちろん迷惑ではないです。ただ、俺は……」

　迷っている。迷っているのだと、それだけをリオは理解していた。

「……アマカワ卿は悩《なや》んでいらっしゃるのですね。ですが、とても正直なのだともお見受けしました」

　と、クリスティーナは言葉を挟《はさ》むと――、

「唐突《とうとつ》な提案で驚《おどろ》かせてしまったことと存じます。とりあえずは保留、ということでよろしいでしょうか？」

　リオとセリアの顔を見て確認する。

「…………」

　互いに意識した様子を見せつつ、肯定も否定もしないリオとセリア。そんな二人の姿をフローラが固唾を呑んで見つめている。何か言いたそうに口を開いたが、肝心《かんじん》の言葉は何も出てこない。いや、出せないのだろうか。そうこうしている間に――、

「一週間後、アマカワ卿はガルアーク王国の王都へ帰還《きかん》します。セリア先生もそれに同行していただければと思っています。よろしければその間の時間も使って考えてみてください。しばらくは待つ所存ですので」

　クリスティーナが二人に告げた。

「承知しました。私は……気持ちを変えるつもりはありませんが」

セリアは静かに、決然と気持ちを表明する。

「……わかりました」

リオは多くを語らず、粛々《しゅくしゅく》と頷《うなず》いたのだった。

◇　◇　◇

それから、話し合いの席はすぐに解散となる。

今宵《こよい》はクリスティーナとフローラの帰還を祝したパーティが開かれるとのことだが、リオが出席すると貴族達の対応で難儀《なんぎ》させるだけだろうと、クリスティーナから欠席しても構わないと言われて欠席することにした。

リオとセリアはそのまま領館の建物から外に出る。先ほどの話が尾《お》を引いているのか、少し重たい雰囲気《ふんいき》が二人の間に流れていた。のだが――、

（セリア、春人《はると》と結婚したいの？）

突然《とつぜん》、アイシアの声がリオとセリアの脳内に響《ひび》く。契約《けいやく》しているリオはともかく、セリアに念話を送るためには肉体へ直に宿ってパスを繋げる必要があるので、今のアイシアは

セリアに宿っているのだろう。と、まあ、それはともかく——、

「なっ……⁉」

セリアが声を漏《も》らして仰天し、顔を真っ赤にして立ち止まった。すぐ傍にリオ達以外の誰かがいるわけではないが、見張りの兵士達には声が聞こえたのか、注目を集める。

（ちょ、な、何を言っているのよ、アイシア⁉）

セリアが念話でアイシアに訴えかけた。アイシアが経由しているからか、その声はリオにも響く。

（さっきの話はそういうことじゃないの？）

アイシアの不思議そうな声が響く。

（違っ！　違わなっ、ち、違うわよっ！）

セリアは相当動揺《どうよう》しているのか、傍から見てわかるほどにあたふたと反論した。が、ここで周囲の兵達が不思議そうに首を傾げていることに気づき、不自然に思われないよう、どちらともなくそそくさと歩きだす。

（……どっちなの、春人？）

アイシアがリオに尋ねる。

なんで俺《おれ》に？

と、ギョッとしつつ――、

（俺の補佐役に就くことで、先生……、セリアが俺の婚約者のように扱われてしまうかもしれないんだ）

（それは駄目なの？）

リオが平静を装って答えた。

（駄目、というか、駄目じゃないというか……）

リオが返事に困る。

（二人は一緒にいたくないの？）

これはリオとセリア双方《そうほう》に向けての質問だろう。

（……俺はいたいかな）

リオは素直《すなお》に気持ちを吐露《とろ》する。

（そう、なの？）

セリアが少し意外そうにリオを見て尋ねた。

（……自分の気持ちを伝えないのは卑怯《ひきょう》だと思うから、きちんと伝えます。今までの俺は失ってばかりの人生でした。失った繋がりばかりを見続けてきた人生でした。だから、つい最近まで俺は自分のために生き続けてきた……。けど、本当は失ってばかりではなかっ

たんです。失った代わりに得ていた繋がりの方が多かった）

と、リオは思いの丈を語る。

（リオ……）

セリアが何か強い感情がこみ上げてきたような顔になる。

（繋がりを失うのはもう二度と嫌《いや》です。だから、今からでも叶《かな》うのなら、こんな俺と親しくしてくれてきた皆さんとの繋がりを大切にしたい。その中には当然セリアもいます。五《ご》歳《さい》の時に全《すべ》てを失った俺に初めてできたから繋がりがセリアだっただから、セリアとは一緒にいたい。それが俺の本音です）

と、リオは断言した。

（なら、一緒にいればいい）

アイシアが促《うなが》す。

（けど、それは俺の我《わ》が儘《まま》でもある。今のセリアには貴族としての立場がある。……俺はすごく臆病《おくびょう》だから、ただ一緒にいたいという理由だけでセリアを幸せから遠ざけたくはないんだ）

つまるところ、覚悟《かくご》がないのだ。まだ、自信が持てないのだ。かつて大切なものを失ったから。大切なものを守ることができなかったから。

怖《こわ》い。大切なものを失うことが、守れないことが。けれど、既《すで》に大切なものは新たにできてしまってもいて……。

だから、悩むのだ。

答えを出せないのだ。

子供みたいな理想を抱《いだ》いている。

臆病だから、今はまだ。人はそう簡単には変われない。けど……。

すると――、

（……私が人生の中で一番に幸せを感じていた時ってね。いつだってリオと一緒にいた時なの。学院の研究室でよくお茶を飲んでいた時や、再会してから岩の家で一緒に暮らすようになった時。貴族であることを忘れて、幸せを感じていた）

セリアも自分の思いを吐露し始めた。

（けど、貴族である自分もいて、国のために生きなきゃって思っていた。だから、レストラシオンに所属した）

でも、でもね――と、セリアは言葉を続けて――、

（私は個人としても、貴族としても、リオの傍にいたいの。今までそれは両立できないんだって思っていた。両立しちゃいけないんだって、思っていた。けど、クリスティーナ様

からリオの補佐役に就かないかって言われて、もしかしたらそれができるんじゃないかって、私思っちゃって……。嬉しくて、気がついたら、補佐役になりたいってクリスティーナ様に言っちゃってたの）

（セリア………）

リオは思わず足を止めて、セリアの顔をじっと見る。

（そ、その、だからって、リオに責任を取ってもらおうって思っているわけじゃないんだけど、ね？　ま、周りから婚約者から見られるとか、き、気にしないでいいの！　あ、でもリオは気にした方がいいのかも⁉）

セリアはどんどん顔を真っ赤にしていき、しどろもどろに語った。

（落ち着いてください）

リオは苦笑《くしょう》してセリアに呼びかける。

（……う、うん）

（城塞《じょうさい》の外に出たばかりですけど、クリスティーナ王女には補佐役の件について正式に決まったと、改めて報告に参りましょうか）

（うん……）

おずおずと返事をするセリア。

それから、二人は反転し、来た道を戻ってクリスティーナ達のもとへ向かう。その足取りは領館を出た時よりも軽く、胸のつかえが取れたように柔和《にゅうわ》な笑みをたたえていた。

【第六章】 出発

リオとセリアはクリスティーナへの報告を終えると、今度こそロダニアの領館としようとされている城塞を後にした。敷地《しきち》の外に出たところで――、

「実はガルアーク王国の王都には美春《みはる》さん達も招待されているんです。本当は夜にと思っていましたが、このままロダニアを抜《ぬ》け出《だ》して会いに行きませんか？　報告することも増えましたし」

と、リオがセリアに提案する。

「ええ、行きましょう」

セリアが二つ返事で頷き、アイシアも交えて三人でロダニア郊外《こうがい》の森にある岩の家へと向かうことになった。

そして、小一時間後。

夕暮れが近づいた頃。

リオ達は岩の家へとたどり着いていた。リビングに集まり、ラティーファ、リオ、アイ

シア、セリアの順に並んで座り、その向かい側に美春、オーフィア、サラ、アルマが順に並んで向かい合っている。のだが――、

「むううう」

ラティーファがリオの腕《うで》にぎゅうっとくっついて、可愛《かわい》らしく頬《ほお》を膨《ふく》らませていた。ご立腹なのにはちゃんと理由がある。

岩の家を訪れて最初に行ったのが再会の挨拶《あいさつ》だ。この時のラティーファは最高にご機嫌《きげん》で、リオとの再会を喜んでいた。

そうして次に行ったのが近況報告《きんきょうほうこく》だ。岩の家を出発してから今に至るまでを順に語っていくと、ラティーファがむうっと可愛らしく頬を膨らませ始めた。自分のいない場所でリオが見知らぬ王女達と親しくしていたことが義理の妹としてはかなり複雑らしい。

ただ、それだけならちょっと焼き餅《やもち》を焼くくらいで済んだ。聞き捨てならなかったのはリオの正体を知って急接近したクリスティーナとフローラが、ラティーファですら知らなかった事実を先に知ってしまったことである。

それは、すなわち――、

「お兄ちゃんのお父さんとお母さんの話、どうして私には教えてくれなかったの？」

そう、リオの両親についての話だ。その話をした上で、今後はセリアがリオの補佐役に

就いて一緒に行動できることが決まったと報告しようとしたが、ラティーファがリオの腕に抱きついて不満を表明したわけだ。

「……ごめん」

リオが言い訳せずに謝罪する。父方の祖母であるユバと、従姉であるルリのことについてはヤグモ地方から戻った時に報告していたが、アヤメが王族だった件については今まで誰にも語ることはなかったのは確かだからだ。

「ラティーファ、事情が事情です。リオさんも伝えにくい話だったのだと思いますよ？　それに、こうして教えてくれたのですから」

サラがラティーファをなだめた。

「それはわかるんだけど……、むう」

ラティーファがリオの腕にもたれかかり、抱きつく力を強める。リオにはもっと頼《たよ》ってほしいし、歩み寄ってほしい。ずっとそう思っていたのだ。けど、なかなかそれをしてくれないから、自分から近づいていくしかなくて……。

「隠《かく》していたのは事実です。ラティーファが怒《おこ》るのも無理はありません」

「怒っているわけじゃ……ないよ」

ラティーファの声色《こわいろ》が拗《す》ねたものから、寂《さび》しそうなものに変わる。

「……ごめん。あまり暗い話はしたくなかったし、秘匿しないといけない話だから秘匿していたのも事実なんだけど、俺はそういった事情を口実にして逃《に》げていたんだ。みんなのことを信頼してなかったわけじゃないし、大切に思っていなかったわけでもないけど、みんなと距離《きょり》を埋《う》めるのが怖かった。だから、こうやって言っていなかったことが他にもあるのかもしれない……」

リオは少し怯《おび》えているように、ラティーファに抱きつかれていない右手を使って恐る恐るラティーファの頭に触れる。

「……お兄ちゃん？」

ラティーファがきょとんと首を傾《かし》げてリオの顔を見上げた。なんというか、話している内容もそうだし、ちょっとリオの雰囲気が変わったような気がしたのだ。

「なんていえばいいのかな。今までなら隠していたこととか、言わないようにしていたことも、言った方がいいと思えば逃げないで言うようにする。今さらかもしれないけどラティーファを含《ふく》めもっとみんなと仲良くなりたいんだ。だから……、許してほしいとは言わないけど、納得してもらえないかな？　すごく、都合の良いことを言っているけど」

リオは気まずそうに語って、お願いする。と——、

「………………」

セリアとアイシアを除く一同から、意外そうに見つめられた。

ややあって――、

「す、する！　するよ！　お兄ちゃんともっと仲良くしたい！　仲良くなりたい！」

ラティーファがリオの腕に抱きついたまま身を乗り出して、勢い余ってリオを押し倒《たお》そうとする。が、反対側に座るアイシアがすかさず逆側から抱きつき、リオを受け止めた。

「ちょっと苦しいかな。でも、ありがとう」

リオは身動きが取れなくなって苦笑すると、はにかんで礼を言う。

「春人《はると》は過去に囚《とら》われていた。大切な何かを失う怖さを知っていたから、みんなとの関係に一定の線を引いていた。けど、今の春人は変わろうとしている」

アイシアがリオに密着したまま的確に分析《ぶんせき》する。

（本当にアイシアには何でもお見通しだな……）

それがこそばゆいリオ。

「……流石《さすが》ね、アイシア。まあ、ちょっとリオにくっつきすぎな気もするけど……。リオが苦しがっているじゃない。ほら」

セリアがむうっと唇をとがらせ、アイシアの身体を掴《つか》んで引《ひ》き離《はな》そうとする。しかし、アイシアはがっちりリオをホールドしていて――、

「久々の春人からの魔力補給《まりょく》。この機会にたっぷり魔力を貰《もら》う」

と、主張する。

「アイシアお姉ちゃんずるい！　私ももっとお兄ちゃんにぎゅうってする！　お兄ちゃん成分を貰う！」

反対側のラティーファが負けじとリオに抱きつく力を強めた。

「そ、そろそろ離してくれないか？」

リオが困り顔で訴える。

「駄目《だめ》、離さない！　あ、でも、今日、私と一緒に寝《ね》てくれるなら離します！」

ラティーファがえへへと笑ってリオに甘えだす。

「こ、こらこら。どさくさに紛《まぎ》れて何を言っているんですか、ラティーファ」

サラが呆《あき》れてラティーファを注意する。

「えー、じゃあサラお姉ちゃんも一緒に寝る？」

「ね、寝ませんよ！」

こんなラティーファとサラのやりとりも、リオにとってはずいぶんと久しぶりに感じられた。

「ふふ」

「顔が赤くなっていますね、サラ姉さん」

美春とオーフィアが微笑《ほほえ》ましそうにしていて、アルマがサラをからかい出したりして、なんというかいよいよ帰るべき場所へ帰ってきた気がして――、

「あはは……」

リオは嬉しかった。困ったように笑うが、その口許は温かくほころんでいる。そんなリオの表情を目にしたからか――、

「……もう、仕方ないわね」

セリアがアイシアを引き離そうとするのを止めて、優しく微笑んでやれやれと溜息《ためいき》をつく。すると――、

「おや。セリアさん、なんだか今日は余裕《よゆう》では？」

ちょうど向かいに座るアルマがセリアに言った。

「え、何が？」

不意を突《つ》かれて首を傾げるセリア。

「いつもならセリアさんとアイシア様の攻防《こうぼう》が始まるところだと思ったので」

と、アルマは感じたことを言う。

「セリアは春人のお世話役になったから、一歩アドバンテージ」

アイシアがさらりと告げる。

「お、お世話役？」

「なんですか、その響きは？」

「何それ⁉　セリアお姉ちゃん、お兄ちゃんのなんのお世話をするの⁉」

と、向かい側に座る美春やサラ達と、リオとアイシアを挟んで横に座るラティーファがぴたりと動きを止めてセリアに注目した。

「ち、違う。お世話役じゃなくて補佐役よ！　補佐役！」

セリアは泡《あわ》を食って言《い》い間違《まちが》いを指摘《してき》する。

「世話役だと、セリアは春人にお世話して貰う側だった？」

「ひ、否定できないわね……」

アイシアがきょとんと首を傾げると、セリアの反論の余地がなくなる。

「それより、セリアお姉ちゃんが補佐役ってどういうこと、お兄ちゃん⁉」

ラティーファが痺《しび》れを切らしてリオに尋《たず》ねた。

「えっと……、言うのが遅《おく》れたけど、今後はセリアがレストラシオンを離れて俺と一緒に行動するようになったんだ。レストラシオンとしてもそちらの方が都合は良いからってことで」

「んん……？　それはつまり、セリアお姉ちゃんもまたこの家で暮らしても問題ないってこと？」

「まあ、そういうことかな」

「本当、やったあ！」

と、ラティーファが喜び、他の者達の顔にも笑顔《えがお》が宿る。

「ただ、今後の予定でみんなに提案があるんだ。美春さんが大きく絡《から》む話ですけど」

リオはそう切り出し、美春に視線を向けた。

「私が、ですか？」

美春がぱちぱちと目を瞬く。

「はい、沙月《さつき》さんやリーゼロッテさんも絡むお話なので」

「沙月さんやリーゼロッテさんが？」

二人の名前を聞いて、美春が喜ぶ。

「ええ、ガルアーク王国のお城の敷地に俺が屋敷を貰ったことはお話ししましたよね。実はそこでお泊《と》まり会をしないかという話が持ち上がりまして」

と、リオがお泊まり会の話をすると――、

「お泊まり会!?　沙月お姉ちゃんとリーゼロッテお姉ちゃんも来るの!?」

ラティーファが真っ先に食いついた。

「ああ。よかったらラティーファに……というより、この場にいるみんなも来ないかって第二王女のシャルロット王女から誘《さそ》われている。その、シャルロット王女はもちろん、もしかしたらクリスティーナ王女とフローラ王女も参加するかもしれないんだけど……」

リオはお泊まり会に参加予定のメンバーを語っていく。

「んー、つまり、参加するならそのお姫様達《ひめさまたち》とも会うことになると……」

オーフィアが好奇心《こうきしん》を匂《にお》わせて確認《かくにん》する。

「ええ。サラさん達の事情に配慮《はいりょ》して、お城にいる王侯《おうこう》貴族との接触《せっしょく》は最小限にするよう手配するとシャルロット王女は約束してくださいました。参加はできないということであれば美春さんとセリア、あとはアイシアを連れて短期間だけでも行ってこようかなと思うのですが……」

と、サラ達に訊《き》いた。

「……はい！　私は行きたい！」

初対面の王女達も参加すると聞いて少し臆《おく》しているようにも見えたが、まずはラティーファが意気込んで挙手した。

「なら、里の民《たみ》であるサラさん達の許可次第だけど、ラティーファに関しては俺の妹として紹介《しょうかい》することになるかな」

「お兄ちゃんの妹として…………」

ラティーファはきらきらと目を輝《かがや》かせる。

「ただ、前にも少し言ったけど、ラティーファに関してはユグノー公爵の件もあるから偽《ぎ》名《めい》を名乗るかどうかは考えないといけない。家名については、俺と同じ名前を名乗ることになるけど」

リオが懸念《けねん》事項《こう》を指摘する。

「……家名って、アマカワのことだよね？」

「ああ。そのままだとラティーファ＝アマカワになるな」

試《ため》しに口にしてみるリオ。すると――、

「……はい！　私、行く！　絶対、行く！　お兄ちゃんと同じ家名になる！　ラティーファ＝アマカワ！　ラティーファ＝アマカワ！　な、名前を変えるなら、スズネ＝アマカワとかかなあ？　えへへ、えへへへ……」

ラティーファはそれはもう心底嬉《うれ》しそうに、自分の世界に入り込んでしまう。ラティーファの前世の名前でもある涼音《すずね》のことはリオと美春とアイシアしか知らないが、その名前がいいと口にする。あまりにもラティーファが嬉しそうなものだから――、

「すごく嬉しそうね、ラティーファ」

セリアがくすくすと笑う。

「ふむ。サラ姉さん」

アルマが不意にサラに声をかける。

「う、羨《うらや》ましくなんかありませんよ！」

サラは身構えて応じた。

「まだ何も言っていませんよ」

アルマがふふふと笑う。その一方で――、

「うーん、里には家名って文化がないから、急に家名ができても少しピンとこないかもけど、確かにリオさんと同じ家名なら羨ましいかも。家名がある美春ちゃんはどう？」

と、オーフィアが隣《となり》に座《すわ》る美春に尋ねていた。

「私がいた国だと家名が変わるのは結婚《けっこん》した時なんだけど、好きな人と結婚して家名が変わるのは人によっては嬉しいことだって聞いたことがあるよ。私はその、結婚したことがないからわからないけど……」

と、美春が説明する。手続が面倒《めんどう》で嫌がる人もいるという話を聞いたこともあったが、異世界であるここでそこまで説明する意味はないので言わなかった。

「なるほど、なるほど……。じゃあ、例えば美春ちゃんがリオさんと結婚したら、ミハル＝アヤセから、ミハル＝アマカワになるってことだよね。どう、嬉しい？」

オーフィアは悪戯《いたずら》っぽい笑みを覗かせ、再び美春に尋ねる。

「え、ええ……？　わ、私のいた世界だと、み、美春＝天川《あまかわ》というよりは、天川、美春というか……」

美春はその呼び方を口にしただけで、最後には顔が真っ赤になってしまう。

「うんうん、その様子だとすごく嬉しいってことだね」

オーフィアはにこにこと笑みを浮《う》かべる。

「…………」

美春は恥《は》ずかしすぎるのか、俯《うつむ》いて何も言えなくなってしまう。すると――、

「えーと、話がだいぶ脇《わき》に逸《そ》れてしまっているんですが、サラさん達《たち》に関しては無理にとは言いません。ただ、勇者である沙月さんと第二王女のシャルロット王女がこちらについてくれるので王侯貴族の余計な手が入ってこないというのは確かだと思います。俺も可能な限りでサポートはするつもりです。どうでしょうか？」

リオはここで話を戻《もど》し、サラ達に参加の意思があるか確かめた。

「……まあ、しゃ、社会勉強ですから、まあ、いいのではないでしょうか」

と、サラが尻尾《しっぽ》をそわそわと動かし、上ずった声で言う。

「ふふ、いつも私達だけお留守番は寂しいもんね」

「以前にあったお泊まり会は欠席しましたからね。今度はいいんじゃないでしょうか」

などと、オーフィアとアルマも同意する。

「ありがとうございます。では、決まりということで。出発は一週間後、魔道船に乗っていくことになりますので」

そうして、リオは岩の家に暮らす一同を連れて、一週間後にガルアーク王国城を訪《おとず》れることを決めたのだった。

◇◇◇

そして、一週間後。

いよいよリオ達がガルアーク王国へ向けて出発する日がやってきた。美春、ラティーファ、サラ、オーフィア、アルマ、そして実体化したアイシアの六人。そして、リオとセリアを加えた計八人が、ロダニアの貴族街にある魔道船の港を訪れていた。

屋敷《やしき》まで迎《むか》えに来た送迎《そうげい》の馬車で港まで移動して馬車を降りる。魔道船の外ではクリスティーナ達がリオ達の到着《とうちゃく》を待ち受けていた。周囲には護衛の騎士達《きしたち》や同行する貴族達、そして見送りに来ていると思われる貴族達がいる。その中に怜《れい》と浩太《こうた》の姿もあった。

「ミハルさんとお会いするのはガルアーク王国での夜会の時以来、サラさんにオーフィアさん、アルマさんはお久しぶりですね。その節は誠《まこと》にありがとうございました」

と、まずは面識のある者達に挨拶をするクリスティーナ。この四人はフローラも面識こそあまりないが、一応は顔を見知っている者達である。

「はい。お元気そうで何よりです。この度はガルアーク王国まで送迎してくださるとのことで、誠にありがとうございます」

サラが代表して応じて、他の者達と一緒《いっしょ》にぺこりと頭を下げた。昨日の内からロダニアにあるリオの屋敷を訪れてはいたが、クリスティーナ達に屋敷まで足を運ばせるのは悪いということで再会したのはこの場が初めてである。

「そちらのお二人はお会いするのが初めてでしょうか？」

クリスティーナがラティーファとアイシアに視線を向ける。

「義理の妹のスズネ＝アマカワと、アイシアです。フローラ様はアマンドで一度だけ、アイシアとお会いになったことがあると思います」

と、リオはラティーファとアイシアを紹介した。なお、ラティーファはリオと同じように自分の前世の名前を偽名として利用することを本人の希望で決めていた。

「はい、その節はお世話になりました。ハルト様の妹君のことは伺《うかが》っていましたが、大変可愛らしいですね」

フローラがアイシアに向けてぺこりと頭を下げると、実に興味深そうにラティーファのことを見た。

「は、初めまして。スズネです」

ラティーファはぺこりと頭を下げて挨拶をすると、リオの服の袖《そで》をキュッと掴んだ。一見すると人見知りしているだけのようにも見えるが、クリスティーナとフローラの傍にいるユグノー公爵《こうしゃく》に怯えているのがリオにはわかっていた。

（……このラティーファの反応。やはりラティーファを暗殺者として俺に送り込んだのはユグノー公爵で間違いなさそうだな）

リオはユグノー公爵を一瞥《いちべつ》すると――、

「はい。自慢《じまん》の可愛い妹です」

ラティーファの背中を優《やさ》しく触《さわ》り、誇《ほこ》らしく語った。

「いやはや、アマカワ卿《きょう》にこれほど可愛らしい妹がいたとは。うちの愚息達《ぐそくたち》に紹介してやりたいくらいだよ」

ユグノー公爵が実に社交的に、お得意のトークを繰《く》り広《ひろ》げる。今は魔道具《まどうぐ》で狐《きつね》の耳と尻尾を隠しているが、どうやらラティーファの顔を見ても何も気づくことはないらしい。それが超特大《ちょうとくだい》の地雷《じらい》だと気づいていないようだ。

「いえ、とんでもない」

リオは冷たくも見える笑《え》みを浮かべて、ユグノー公爵に応じた。

「いつまでも立ち話をしている時間もありませんが、その前に。ご覧の通りヴァネッサも快気しました」

クリスティーナはユグノー公爵にはそれ以上喋《しゃべ》らせないよう話に介入《かいにゅう》した。

「お元気そうで何よりですが、もう職務に復帰されて大丈夫《だいじょうぶ》なのですか？」

リオがクリスティーナのすぐ傍に立つヴァネッサに話しかける。

「ええ。いつまでも寝ていては身体も鈍《にぶ》ってしまうので、本日付けで職務に復帰することになりました。アマカワ卿のおかげです。心より感謝を」

深々と頭を下げるヴァネッサ。それから、面識のあるサラ達もヴァネッサと少し言葉を交えると――、

「どうぞご乗船ください。私とフローラで皆様《みなさま》をおもてなしするので」

一同で魔道船の応接室へと移動する。リオ達はガルアーク王国にたどり着くまで、クリ

スティーナやフローラと交流することになった。

◇◇◇

一方、その頃《ころ》。

ガルアーク王国城では。

シャルロットが王城の応接室に沙月とリーゼロッテを招き寄せていた。

「本日の午後にハルト様達が到着されるそうです。ミハル様、セリア様、アイシア様、スズネ様、サラ様、オーフィア様に、アルマ様。ハルト様と一緒に住まわれている皆様は全員いらっしゃるとかで、ああ、本当に楽しみ」

と、実にご満悦《まんえつ》な笑みを浮かべるシャルロット。

すると、列挙された参加者の中でラティーファの名前がスズネになっていることに密《ひそ》かに気づく沙月とリーゼロッテ。ラティーファは沙月とリーゼロッテには偽名で会いたくないからと、以前にリーゼロッテの家でお泊まり会を行った際には本名で参加していたからだ。だが、今後、公《おおやけ》の場に姿を現すことがあれば偽名を使うかもしれないと聞いていたのですぐに得心した。

「……みんな王侯貴族の人と関《かか》わりがないだろうから、お手柔《てやわ》らかにね、シャルちゃん」

沙月がシャルロットに配慮を促す。

「もちろんです。ハルト様のお屋敷の居心地《いごこち》が良いと感じていただければ、それだけお城に足を運んでくださるでしょうし。参加者である我々とお父様を除き、王侯貴族の立ち入りは完全に遮断《しゃだん》します」

と、シャルロットはにこやかに宣言し――、

「それで、ハルト様達がいらっしゃる前にこうしてサツキ様とリーゼロッテとお話をする時間を設けたのは、確認しておきたいことがあったからなんです」

そう告げて、ふふっと笑って二人の顔を意味深長に見つめる。

「確認しておきたいこと？」

「何でしょうか？」

沙月とリーゼロッテが小首を傾げて顔を見合わせた。

「単刀直入に申し上げますと、二人はハルト様と婚姻《こんいん》関係を結ぶ気はありますか？」

シャルロットはしれっと問いかける。と――、

「な、何を言っているの、シャルちゃん？」

カップを持ってお茶を飲もうとしていた沙月が思わずむせかけ、慌《あわ》ててカップをテーブ

ルに戻しながら上ずった声で尋ね返した。

「ハルト様と婚姻関係を結ぶ気はありますかと伺いました」

「いや、それは聞こえていたんだけど……」

もっと、こう、色々と必要な説明が抜けているのではないだろうか？　唐突《とうとつ》すぎて理解が追いつかないんですけど。と、沙月が視線で訴《うった》える。一方で――、

「…………」

リーゼロッテはシャルロットがこんなことを言いだした意図を少なからず察したのか、空気を読んで沈黙《ちんもく》を貫《つらぬ》いている。

「リーゼロッテは薄々《うすうす》気づいていると思うけれど、お父様がハルト様に城内の屋敷を下賜《かし》されたことは相当にとんでもないことなんです。特例中の特例、という表現でも生ぬるいほどに」

「まあ、本来なら王族の人しかお城の敷地内《しきちない》には住めないんだもんね」

日本で言えば一般人《いっぱんじん》が皇居の中にある家屋の所有権を与《あた》えられて居住を認められるようなもので、確かにそれはとんでもないことだと沙月は考える。

「その通りです。ということはつまり、裏を返せばお父様は将来的にハルト様を王族として迎え入《い》れても構わないと考えている、というふうに理解できないでしょうか？」

　そのようなこと、少しも明言はしていませんでしたけれど……と、シャルロットは付け加えて語った。

「ハルト君が……ガルアーク王国の王族に？　それって、王族の誰《だれ》かと結婚させるってこと？」

　例えば、シャルちゃんとか——と、名前こそ出さなかったが、沙月が訊く。

「断言はできませんけれど」

　シャルロットはふふっとほくそ笑む。

（あるいは、サツキ様とハルト様を結ばせて、そのお子をガルアーク王国の王族と、とも考えているのかもしれませんけれど、それは言わないことにしておきましょう。それで目的が達成されて、私がハルト様と結婚できなくなると困りますし）

　と、そんなことを考えながら……。

「……それでどうして私とリーゼロッテちゃんに結婚するつもりがあるのかって話になるのよ？」

「ガルアーク王国内の人間でハルト様と最も親しい女性が二人だからです。前にも申し上げましたが、私、ハルト様のことをお慕《した》いしておりますので」

「…………つまり、私達にはハルト君には手を出さないでほしいってこと？」

もしかして牽制《けんせい》してきているのだろうかと、沙月がシャルロットの意図を勘《かん》ぐって確認する。が――、

「いいえ、高位の王族や有力な貴族の当主であれば一夫多妻も当然ですし、そんな矮小《わいしょう》なことは申し上げません。二人もハルト様のことをお慕いしているというのなら、お止めするつもりもありません」

「ええ……？　じゃあつまり、私達三人でハルト君に嫁《とつ》げと？」

一夫多妻の多妻になる話だとは露《つゆ》とも思っていなかったのか、沙月が困惑《こんわく》する。日本人である彼女《かのじょ》からすると、一夫一妻が当然の大前提だからだ。ただ――、

「強要するつもりはございませんが、手を取り合えるはずの仲間同士で争いたくはないというだけのことです。正直、二人を競争相手に回すと分が悪いようにも思えますし」

シャルロットは一夫多妻も当然の世界で生きているので、沙月やリーゼロッテと一夫多妻を前提とした関係を構築することも視野に入れた話を平然とする。

「こ、こういう話ってもっとドロドロするものだと思うんだけど……。なんというか、普《ふ》通《つう》、好きな人のことって独占《どくせん》したいものでしょう？」

沙月は名状しがたい違和感《いわかん》を覚えているようで、その違和感の内容を上手《うま》く説明することはできないようだが、それを試みようと疑問を口にした。

「もちろん、寵愛《ちょうあい》を独占しようと夫人間でドロドロしているのはよくあることでしょうけど、サツキ様やリーゼロッテとはドロドロしたくありません。私、サツキ様のことが大好きですし。もちろんリーゼロッテも」

シャルロットはなんの臆面《おくめん》もなく、さらりと二人への好意を表現した。

「あはは、ありがとうございます」

と、困ったように礼を言うリーゼロッテに対し——、

「んーーーーー、シャルちゃんのこと、私もすごく好きなんだけど……」

沙月は悩《なや》ましそうに、強く唸《うな》る。

普通なら恥ずかしがったり、躊躇《ためら》ったりするようなところでも、臆さずに踏《ふ》み込んで人間関係を形成していく。それがシャルロットという少女だ。

沙月はシャルロットのそういうところをかなり好ましく思っている。が、だからといって一緒に共通の誰かの妻になれるとは思えない。

「何か差《さ》し障《さわ》りがございますか？」

「……前にも言ったことがあると思うけど、私は一夫一妻が当然の国で生まれ育ったからさ。一夫多妻の一人になりませんかって話をされても困るというか」

「つまり、一夫一妻であればハルト様との結婚を考えることもできると？」

「それなら、まあ……。って、いやいや、よく考えたらなんで私がハルト君のことを好きなような前提で話をされているのよ⁉」

沙月は律儀《りちぎ》な性格ゆえかリオと結婚する将来を思《おも》い描《えが》いたが、途中《とちゅう》でハッと我に返って慌てて突っ込んだ。

「あら、違《ちが》うのですか？　その割にはハルト様との将来を自然と想像されていたようですけれど、そういった対象として見た時に特に抵抗《ていこう》がないことの裏返しなのでは？」

（以前のサツキ様なら、元の世界に帰りたいという気持ちが強すぎて、この世界の誰かと結婚なんて論外だったでしょうし）

沙月が元の世界に云々《うんぬん》といった話を理由に縁談《えんだん》を断ろうとしない時点で、色々と見えてくることはあると、シャルロットは密かに考えていた。が――、

「て、抵抗はあるわよ！　ハルト君には美春ちゃんとくっついてほしいし」

沙月は上ずった声で難色を示す。

「では、ミハル様のために、ご自分の幸せを逃《のが》されても構わないと？」

「だ、だから、それだと私がハルト君のことを好きみたいじゃない！」

「と、仰《おっしゃ》いましても、私の見立てでは少なからず、サツキ様はハルト様のことを憎《にく》からず思っていらっしゃるように思えるので」

「そ、そりゃあ、嫌《きら》いではないけどね。彼《かれ》ほどの男の人がそうそういないのも事実ではあるし……。けど、だからといって男の人として好きかどうかって話とは別よ、別！」

わずかに逡巡《しゅんじゅん》しているようにも見える沙月だったが、自らにも言い聞かせるように強く主張する。

「まあ、それならそれでも構わないのですが、ハルト様とミハル様がくっつくべきと考えていらっしゃるということは、サツキ様はミハル様が最終的にこの世界で骨を埋めることになっても問題はない、というふうにお考えなのですよね？」

シャルロットが不意に話を切《き》り替《か》えた。

「まあ、ね……」

「では、サツキ様はどうなのでしょうか？　以前は元の世界に帰りたいと仰っていましたが、今でもその思いは強いですか？」

シャルロットはこの時点では縁談の話とは絡めず、沙月に問いかけた。

「そりゃあ、まあ……、地球に帰ることを諦《あきら》めたわけではないし、帰りたくないわけでもないわよ」

と、悩ましそうに答える沙月。けれど――、

（きっかけはたぶん夜会で美春ちゃん達と再会してからなのよね。それまでは先が見えな

くて焦《あせ》っていたけど、焦らなくなっちゃったというか……）

以前よりはこの世界に馴染《なじ》んでしまったというか、最悪……と思えない程度には、この世界で骨を埋める未来も想像できるようになっていることも事実だった。

「もしかしたらこの世界で生涯《しょうがい》を終えるのかもしれない。そういった思いが芽生えているのであれば、婚姻相手について考えてみてもよろしいのでは？」

「こ、ここでまたその話を持ち出す？　流れを変えて油断させておいて」

沙月の顔が引きつった。

「持ち出します。一応、私もガルアーク王国の王女なので。ハルト様でしたらお父様も承《しょう》諾《だく》なさるでしょうから、現実的な選択肢《せんたくし》だとは思いますよ？」

実に良い笑みを浮かべるシャルロット。

「まあいいけど、妙《みょう》にハルト君のことを推《お》してくるわね……」

「だって今後、ハルト様以上に素敵《すてき》な殿方《とのがた》は二度と現れないでしょうから」

「言いきるわねえ……」

断言するシャルロットを見て、沙月は半ば呆れたように笑う。

「事実ですので。実際、競争相手は多いようにお見受けしております。お泊まり会では参加される皆様にその辺りのことを伺っていこうかなと。せっかくの機会ですから」

「……ほどほどにしなさいよ」

「そこは話の流れ次第《しだい》、ということで」

シャルロットはころころと可愛《かわい》らしく微笑む。一方――、

（……シャルロット様に目をつけられると大変なことになりそうね）

リーゼロッテはそんな予感を抱《いだ》く。公爵令嬢《こうしやくれいじよう》では第二王女相手に逆らえないのが縦社会の辛《つら》いところである。と、思っていたら――、

「そうそう、お泊まり会の前にリーゼロッテの考えを訊いておこうかしら。ハルト様のことをどう思っているのか」

まさに今、シャルロットがリーゼロッテに話の照準を定めた。

「え、ええ？　私ですか？」

ギクッと身体を震《ふる》わせるリーゼロッテ。

「ええ。墓穴《ぼけつ》を掘《ほ》らないように発言を控《ひか》えていたようだけれど、私はそういうの見逃《みのが》さないから」

シャルロットが獲物《えもの》を狩《か》る動物のようにリーゼロッテを見据《みす》える。

「そうね。リーゼロッテちゃんがハルト君のことをどう思っているのかは、お姉さん、興味があるかな」

沙月も面白《おもしろ》がって便乗する。

「さ、サツキ様まで……」

たじろぐリーゼロッテ。

「私の話もたっぷり聞いたんだし、ハルト君達が来るまで、たっぷり話を聞かせてもらうわよ」

室内に沙月の愉快《ゆかい》そうな声が響《ひび》く。リオ達がガルアーク王国城にたどり着くのは、それから数時間後のことであった。

◇　◇　◇

そして、数時間が経《た》つ。

午後、まだ日が明るい時間帯のことだ。

リオ達はガルアーク王国王都にたどり着き、港からガルアーク王国城の敷地《しきち》へと移動していた。リオ達の乗った馬車が門をくぐり、敷地に入って下車したところで――、

「皆様、ようこそいらっしゃいました。お待ちしておりましたわ」

シャルロット、沙月、リーゼロッテに出迎《でむか》えられた。リオ達が城へ向かう前に先触《さきぶ》れを

送っていたので、到着を待ち構えていたのだろう。沙月が美春を見つけ、小さく手を振《ふ》っている。美春は嬉しそうに笑みを返していた。

「直々のお出迎え、誠にありがとうございます。お久しぶり……というわけでもありませんね」

クリスティーナが一同を代表して、シャルロットの挨拶《あいさつ》に応じた。約一週間ぶりの再会であるから、久しぶりというには短い時間である。

「私は一日でも早く皆様にお会いしたくてこの日を待ちわびていたので、久しぶりすぎるように感じますけれど……。積もる話もございますし、早速《さっそく》ですが、ハルト様とそのお連れの皆様はハルト様の屋敷へ行きましょうか。お父様も最初にご挨拶にだけいらっしゃいますから、クリスティーナ様とフローラ様もご一緒に。極《ご》一部のお付きの者を除いて、他の方はご遠慮《えんりょ》くださいな」

シャルロットはそう語って、リオを初めとする岩の家の面々、そしてレストラシオンからはクリスティーナとフローラだけを選定し、屋敷への移動を促《うなが》した。

「承知しました。……私とフローラはアマカワ卿の屋敷へお呼ばれするわ。また改めて連《れん》絡《らく》するから、貴方達《あなたたち》は王城へ。任せたわよ、ユグノー公爵」

と、クリスティーナは共に同行してきた怜と浩太に視線を向けつつ、その場にいるレストラシオンの面々を率いるユグノー公爵に指示する。

「……御意《ぎょい》。皆《みな》、行くぞ」

ユグノー公爵はこうべを垂れ、従者達を引き連れて立ち去っていく。

一方で、その場にはリオ、美春、セリア、アイシア、ラティーファ、サラ、オーフィア、アルマ、そしてクリスティーナとフローラが残される。向かいにはシャルロット、沙月、リーゼロッテ、そしてガルアーク王国の警護の者達が立っていて――、

「では、どうぞこちらへ」

シャルロットが先導し、一行はリオが下賜された城内の屋敷へと向かった。

◇◇◇

それから、移動中に久々にあった者同士や初対面の者同士での簡単な挨拶が済んだところで、リオ達は屋敷にたどり着いた。

ヴァネッサを含《ふく》め、極少数のお付きの者達は玄関《げんかん》をくぐって広がるラウンジで待機することになる。リオ達が入ってくると、先にラウンジに控えていた者達が恭《うやうや》しく頭を下げてきた。中にはリーゼロッテの侍女《じじょ》であるアリア達の姿もある。リオ達はラウンジにあった

扉《とびら》の一つを開き中に入った。と、三十畳《じょう》はある応接室があって――、

「あら、お父様。もういらしていたのですね」

ガルアーク国王フランソワが、ソファに腰《こし》を下ろして一人で待ち構えていた。

「うむ。せっかく足を運ぶのだ。ハルトが本格的にこの屋敷に暮らし始める前に、屋敷の中を軽く見ておこうと思ってな」

と、応じるフランソワ。

「そういえば、この邸宅《ていたく》はお父様が王位を継《つ》ぐ前に暮らされていたのでしたっけ」

シャルロットがそう言って得心する。

「そう、なのですか？」

現国王であるフランソワも暮らしていたことがある屋敷と知り、ギョッとするリオ。

「そう古くはない建物であるゆえまだガタは来ていないであろうが、使いにくい場所があればシャルロットに相談して自由に改装するとよい」

フランソワがリオを見て語りかける。

「……大切に住まわせていただきます」

リオは胸元《むなもと》に右手を添《そ》えて、恭しくフランソワに頭を下げた。

「うむ。では、余は行くとするか」

フランソワは深々と頷《うなず》くと、ゆっくりと腰を上げる。

「あら、もういってしまわれるのですか？」

シャルロットが尋ねた。

「余がいては話も弾《はず》まぬであろうからな。今日のところは顔を合わせることができればそれで十分だ。また会う機会があれば、その際に話をするとしよう」

そう言って、すたすたと歩きだすフランソワ。

「流石《さすが》、王様ねえ」

上に立つ者の気遣《きづか》いが見て取れたからか、沙月は早々に退室したフランソワを見て少し感心したように呟《つぶや》く。

「では、どうぞお好きな席へおかけくださいな。最初に申し上げておきますが、皆様とは腹を割ってお話をしたいので、本日は無礼講ということで」

シャルロットは一同が身構えないで済むよう、愛想《あいそ》よく笑って提案する。実際、それでシャルロットとは面識のないセリアやサラ達はわずかに肩《かた》の力を抜《ぬ》いた。

のだが――、

「では、ハルト様は私のお隣に」

シャルロットが不意打ちで先制攻撃《こうげき》を仕掛《しか》ける。鮮《あざ》やかにリオの腕《うで》を掴《つか》んで絡め取《と》り、三人掛《か》けのソファへと一緒に腰を下ろしてしまった。

「なっ⁉」

と、岩の家のメンバーが声を揃《そろ》えて目を見開く。そんな中で——、

「私もお兄ちゃんの隣がいいです！」

ラティーファが動き出すのも早かった。まだ空いているシャルロットとは反対側でリオの隣の席を確保してしまう。

「ふふ。スズネ様とは沢山《たくさん》お話をしたかったら、ちょうどよかったわ」

シャルロットがラティーファの偽名を呼んで微笑《ほほえ》みかける。

「私もたくさんお話をすることがありそうです」

ラティーファは軽く頬《ほお》を膨《ふく》らませて応じた。

「まあ、私達、気が合いそうで嬉しいわ。ハルト様の妹なら一生のお付き合いになるでしょうから。ふふ」

と、シャルロットは屈託《くったく》のない可愛い笑みを崩《くず》さない。

「ふふふ」

ラティーファも負けじと微笑んでみせる。

（せ、席を変えたい……）

左右からの妙な圧を感じ、リオがそう思う。その一方で――、

「流石、いきなりやらかすわね、シャルちゃん」

「あはは……、私達も座りましょうか」

「そうね。さあ、皆さんも座りましょう。無礼講ということだし、席順とか深く考えないで。ね？　美春ちゃんは私の隣に座ってよ」

沙月とリーゼロッテが二人に挟《はさ》まれたリオを見て苦笑《くしよう》した。そして、勇者である沙月が提案して適当な席に腰を下ろし、一同に着席を促す。

「はい。アイちゃんもこっちに来る？」

「うん」

美春は言われた通り沙月の隣の席に腰を下ろし、アイシアも並んで座る。

「では、私達はその反対側に座りましょうか」

サラ、オーフィア、アルマは美春と沙月の向かい側に腰を下ろす。すると、位置的にシャルロット、リオ、ラティーファとコの字を描くようになった。一方で、まだ立っているのはセリア、リーゼロッテ、クリスティーナとフローラである。すると――、

「では、よろしければ私はクリスティーナ様のお隣に着席させていただいてもよろしいでしょうか？」

リーゼロッテがクリスティーナを誘《さそ》った。

「ええ、もちろん」

二つ返事で頷くクリスティーナ。そうして、リーゼロッテとクリスティーナはサラ、オーフィア、アルマの横に陣取《じんど》ることにした。

「フローラ様、私達はクリスティーナ様達の向かい側に」

「はい、セリア先生」

セリアとフローラはクリスティーナ達の向かい側に着席し、アイシア、沙月、美春の横に陣取る。結果、シャルロット、リオ、ラティーファを基点《きてん》に縦長のコの字が出来上がった。これで全員が着席したことになる。テーブルの上にはお菓子《かし》やお茶が既《すで》に並んでいたので、準備は万端《ばんたん》だ。

「さて、皆様が着席されたことですし、一応、この席を用意した主宰者《しゅさいしゃ》として、ガルアーク王国を代表して軽くご挨拶をと思います」

シャルロットが一同を見回してから、スッと起立して口上を述べだした。自然と一同の視線は彼女に向けられる。それを確認《かくにん》して――、

「これは予感といいますか、私の願望でもあるのですけれど、ハルト様を中心として今後はこの場にいらっしゃる皆様で顔を合わせることも多くなると思うんです。現に今この場

にいらっしゃる皆様はハルト様を通じて出逢《であ》いましたから」

と、シャルロットは言葉を続けた。

「…………」

一同、顔を見合わせる。確かに、リオがいなければ相互《そうご》に知り合うこともなかったはずだと、そう思ったのだ。

「この場には勇者様に、王女に、公爵家の令嬢《れいじょう》に、伯爵家《はくしゃくけ》の令嬢もいますが、身分など関係ありません。ハルト様と繋《つな》がりを持った者達が、国という枠組《わくぐ》みを超《こ》えて集まった。それはとても素敵なことだと思うのです。ですから、この機会にぜひ皆様と親睦《しんぼく》を深めることができればと思っている次第です。今日は仲良く語り合い、交流を深めようではありませんか。どうぞよろしくお願いいたします」

シャルロットは実に王族らしく朗々と語って、折り目正しくお辞儀《じぎ》する。

「……こちらこそ、よろしくお願いいたします」

まずはサラが目をみはり、お辞儀を返した。いきなりリオの隣にシャルロットが座ったので呆気《あっけ》にとられていた初対面のサラ達だったが、王族としてかなりしっかりとした一面も見せつけてくれたので感心したらしい。すると、オーフィアやアルマもそれに続き、他の面々も流れでお辞儀をしていく。

「では、ご挨拶はこのくらいで。始めましょうか」

こうして、リオの屋敷でのお茶会が始まったのだった。

【間章】 ベルトラムの勇者達

場所はベルトラム王国の王都、ベルトラント。その王城で。

「…………浩太《こうた》や斉木《さいき》先輩《せんぱい》は元気にやっているのかな？　ハルト君も」

ベルトラム王国本国に召還《しょうかん》された勇者、重倉瑠衣《しげくらるい》が、王城の上階から遠く東北東の方角を眺《なが》めながら独り言を呟いていた。そちらはレストラシオンの本拠地《ほんきょち》があるロダン侯爵《こうしゃく》領や、ガルアーク王国がある方角である。

（この世界じゃ遠隔《えんかく》の地に住む相手と気軽に安否確認《かくにん》の連絡もできないのがもどかしいな）

瑠衣は物憂《ものう》げに溜息《ためいき》をつく。

（どうも最近、気が滅《め》入《い》る）

いけないことだと、かぶりを振る瑠衣。だが、そうは思っても続けて重い溜息をついてしまいたくなる衝動《しょうどう》に駆《か》られる。というのも――、

（……不気味だ、この国は）

言葉では形容しがたいのだが、何か得体の知れぬ深い、深い闇《やみ》のようなものが王城を中

心に渦巻《うずま》いているように思えるのだ。

(何なんだろう。嫌《いや》な胸騒《むなさわ》ぎが収まらない……)

瑠衣は少し強張《こわば》った面持《おもも》ちで、眼下に広がる城下町へと視線を向けた。すると、後ろから瑠衣の背中に声をかける少女が現れる。

「瑠衣くん?」

「やあ、茜《あかね》さん」

瑠衣は振り返《かえ》り、声をかけてきた少女……、恋人《こいびと》に応じた。

「どうしたの? ぼうっと外を眺めて」

「少しね。浩太のことを考えていた」

「……そっか」

茜の顔が少しだけ愁《うれ》いと、悟《さと》りを合わせ抱いたようなものになる。

「浩太なら元気にやっているよ。斉木先輩や、ハルト君もいるからね。いつか、僕達《ぼくたち》の方から会いに行ってもいいかもしれない」

「うん」

二人は優しく言葉を交《か》わし合い、ガルアーク王国へと通じる空を眺めた。

◇◇◇

一方、場所はガルアーク王国の王都、ガルトゥークへと移る。

リオ達が屋敷《やしき》でお茶会を始めて、しばらくが経った頃のことだ。ユグノー公爵に連れられて、斉木怜《れい》と村雲《むらくも》浩太がガルアーク王国城の通路を歩いていた。

「クリスティーナ様から事前に話を伺っているとは思うが、これからヒロアキ様の部屋へ向かう。私は挨拶をしたらすぐに退室するが、君達二人にはヒロアキ様と交流を深めてもらいたい」

ユグノー公爵が歩きながら二人に語りかける。

そう、クリスティーナが浩太と怜を誘ってガルアーク王国城へ連れてきたのは、可能なら二人に弘明《ひろあき》の友人になってもらいたいという願いがあったからだ。

弘明が同郷の人間と仲を深めることにあまり乗り気でないようだったので、これまでは大勢がいる場所で何度か顔を合わせて話をした程度の付き合いだったが、同性の友人がいた方がいいのではないかと考えたのである。故郷の話ができる相手ならば尚《なお》良い。二人はまさにうってつけの人物だったというわけだ。

「承知しました。ですが、少し緊張《きんちょう》しますね」

今は準男爵《だんしゃく》の地位にいる怜が言葉通りやや硬《かた》い表情で応じた。

「ははは。まあ、そう身構えずにいてくれて大丈夫だ。多少ヒロアキ様のご機嫌《きげん》が悪くなったところで問題にすることもしない。同郷の者同士でしかできない類《たぐ》いの話もあるだろうし、この機会にヒロアキ様と親しくなってもらえると嬉《うれ》しい」

と、そんな話もしながら、一行は弘明の部屋へとたどり着く。部屋の前に立つ騎士《きし》に取り次いで入室すると、室内にはロアナと並んでソファに座《すわ》る弘明の姿があった。

「あー、久しぶりだな。ユグノー公爵《こうしゃく》。それに、怜と浩太も来たのか……」

同郷の人間が少ないこの世界で、同じ組織に所属しているだけあって顔と名前は覚えていたらしく、弘明が怜と浩太の名前を呼ぶ。

「お久しぶりです」

と、怜が言って、浩太もぺこりと頭を下げた。

「ああ。まあ、元気そうだな。で、何の用だ？」

再会の話をすぐに切り上げ、歓迎《かんげい》するのではなく用向きを尋《たず》ねる辺り、現状ではあくまでも顔見知り程度の間柄《あいだがら》であることが窺《うかが》える。

（ロアナ君のおかげか。一週間でそれなりに機嫌は良くなったようだな）

と、弘明の態度を見て考えるユグノー公爵。とはいえ、対応を間違《まち》えると一気に機嫌が悪くなりかねない。

「実はレイ君が準男爵になり、正式にレストラシオンに所属しまして。ヒロアキ様とは同郷ですし、改めてご挨拶にと連れてきたのです」

クリスティーナの取り計らいで友人の候補として連れてきたなどと正直に伝えれば不機《ふき》嫌《げん》になるかもしれないとクリスティーナ本人から言われていたので、ユグノー公爵はそう告げることにした。

「ほう。お前、準男爵になったのか」

「ええ。男爵家のお嬢《じょう》さんと結《けっ》婚《こん》を前提にお付き合いをすることになりまして」

「へえ」

それなりに興味を示したのか、弘明が少しだけニヤける。と――、

「ヒロアキ様とお近づきになればレイ君の将来も安《あん》泰《たい》でしょう。せっかくですし、同郷の者同士でお語らいください。私は少々席を外しますので、その間に」

ユグノー公爵がそう言い残して、退室していく。さりげなくよいしょされたからか、弘明がフッと上機嫌《じょうきげん》に鼻を鳴らす。室内には弘明、ロアナ、怜、浩太の四人だけが取り残されることになり――、

「まあ、座れよ。確かに、たまには同郷の奴《やつ》らと話をするのもいいだろう。他の日本人連

中はどうもいけ好かん野郎《やろう》が多いが、お前らはそうでもないしな」

と、弘明が二人に言う。

「では、失礼しまして。座らせてもらおうぜ、浩太」

「ええ、失礼します」

怜と浩太が空いているソファに腰を下ろす。

「弘明さん……いや、弘明様とお呼びするべきですかね」

話を切り出そうとした怜だったが、その上で弘明をどう呼ぶべきかで悩む。

「あー、まあ、日本人に様付けで呼ばれてもな。さん付けでいいぜ」

「わかりました。では、弘明さんと。異世界であまり面識のない日本人同士で顔を合わせるのはなんというか恥《は》ずかしいですよね」

「確かに、それはあるな」

弘明が実感強めに同意する。

「そういうものなんですか？」

浩太はいまいちピンとこないらしい。

「そういうもんだって。せっかく異世界に来て新鮮《しんせん》な気分に浸《ひた》っているのに、知らない日本人と会うことで急に現実に引《ひ》き戻《もど》されるというか」

と、怜が語る。

「わかるわー。それな」

弘明はこれまた強めに同意して、ビシッと浩太を指さす。

「っていうか、浩太だって今日、初めて美春《みはる》ちゃんと挨拶した時に恥ずかしがってどぎまぎしていたじゃんか」

何気に美春とは今日初めて出会った怜と浩太だったが、ガルアーク王国にたどり着くまでの間に簡単な挨拶はしていたのだ。その時のことを思い出して怜が指摘《してき》した。

「そ、そんなことはありませんよ」

「いやいや、けっこうどぎまぎしていたぞ」

「それは……美春ちゃんが可愛かったからですよ。芸能人かと思うくらいに」

浩太が顔を赤くし、渋々《しぶしぶ》認める。

「あー、美春っていうと、ハルトの野郎と一緒《いっしょ》に行動している奴か。まあ、確かにこの世界でも相当レベルが高い位置にいることは認めるが……」

弘明は何か物申したそうな顔をした。

「弘明さんのタイプではありませんか？」

怜がニッと笑って尋ねる。

「というより、異世界で日本人の美少女がいても微妙《びみょう》なんだよな。どうも興に乗らん。せっかく異世界に来たんなら求めるのは異世界の美少女ヒロインだろ。洋食屋に入って醤油《しょうゆ》ラーメンを出されるようなもんだぜ？」

「ああ、確かに。せっかく異世界に来ているのに、そこに手を出すのかよって感じはしますね。わかります」

「なんだよ、お前、なかなか話せるんじゃないか」

だいぶ上機嫌になる弘明。

「読み専でしたけど、流行《はや》りの異世界モノのネット小説に手を出しまくっていましたからね。その感じだと弘明さんもかなりイケる口なのでは？」

「あー、まあな。恥ずかしいし、ここだけの話ではあるが、俺《おれ》の場合は書く方にも手を出してはいた」

「え、本当ですか？　なら読んだことがあるのかもしれませんよ。なんて作品を書いていたんですか？」

「いやいや。だから、それは恥ずかしいだろ。まあ、それなりにポイントは稼《かせ》いでいたわけだが」

などと、弘明と怜でどんどん会話を弾ませていく。

（な、何の話をしているのかよくわからない……）

と、浩太。どうやら同じ日本人でも浩太はそっち方面のサブカルチャーには手を伸《の》ばしていなかったらしい。

（驚《おど》きましたわ。まさかヒロアキ様とここまで話が弾む同年代の男性がいたなんて）

何を話しているのかよくわからないのはロアナも同じだったが、共通の話題でご機嫌に同年代の少年と話をする弘明の姿を見て強く感心する。

「で、異世界モノといっても転生モノから転移モノまで、さらにその中でも幅《はば》は広いわけだが、怜はどんな系統が好きなわけよ？」

弘明が怜に尋ねた。

「転生モノも転移モノも大好きですけど、この世界に来る直近の時点ではグルメものにハマったところでしたね」

「……ほう？　まあ、後追いで異世界グルメモノがだいぶ飽和《ほうわ》し始めていたしな」

何か強く興味を引かれたのか、弘明がピクリと眉《まゆ》を動かす。

「ですね。けど、そんな中で真新しさを求めようとしている作品もあるわけで、異世界のヒロインが日本へ迷い込んで主人公と食べ歩きをする作品もありましたね。面白いなと思ってお気に入りに登録したところだったんですけど、連載《れんさい》分を全《すべ》て読む前にこの世界に来たのでかなり悔《くや》しい思いをしましたよ」

「マジか……。ちなみになんてタイトルの作品だよ？」

「ロアナさんがいる前で口にするのは少し恥ずかしいんですけど、いや、ここだけ日本語で言えばいいのか。『ロリババアと逝《い》く現代グルメッアー』って作品です」

ロアナがいる手前、この世界の言語を使って喋《しゃべ》っていた怜だったが、作品名の部分だけ日本語で発音した。

「な、なんですか、そのぶっ飛んだタイトルは？」

浩太が思わず咳《せ》き込みかけて突っ込む。

ロアナはきょとんと首を傾《かし》げている。

「全部は読めなかったけど、名作なんだって。展開がマンネリにならないよう、日本と異世界を行ったり来たりもしていて。書籍《しょせき》化してもおかしくないクオリティだったと思う」

と、怜は熱く感想を語った。

「……怜。お前、本当によくわかっているじゃないか。いや、マジで超わかっていると言ってもいい」

弘明が嬉しそうに目を細め、声を弾ませて怜を評価する。

こうして、クリスティーナが狙《ねら》った通り……、いや、狙った以上に、弘明は怜達《たち》と親しくなるのであった。

【第七章】 ❖ 波乱のお茶会？

一方、ガルアーク王国城の敷地内《しきちない》にあるリオの屋敷でも、お茶会に参加する面々が話に花を咲《さ》かせていた。

複数方向で互《たが》いにあまり面識がない者同士が集まっているが、初対面の者同士でも話が弾むよう、シャルロットが各々《おのおの》に上手《うま》く話を振っていく。

気がつけば小一時間が経過していて、ぎこちない雰囲気《ふんいき》はだいぶ払拭《ふっしょく》されることになった。すっかりフレンドリーな関係になったというわけではないが、初対面の者同士でもあまり気兼《きが》ねせずに話を振れる程度の雰囲気が出来上がる。

今、話題になっているのは、リオの料理の腕前《うでまえ》についてだ。

「むう、皆様《みなさま》ばかりずるいわ。ハルト様の手料理、私も食べてみたいです」

シャルロットが拗《す》ねたように言う。というのも、シャルロットを除くこの場の全員がリオの手料理を食べたことがあることを知ってしまったからだ。

――ハルト様、ハルト様、ぜひ私のためにも手料理を作ってくださいな。

と、視線でおねだりするシャルロット。

「……それほど大したものではないのですが……。でしたら今夜の夕食に、何か一品だけご用意しましょうか？」

リオはぽりぽりと頬をかくと、シャルロットに提案した。

「本当ですか⁉」

シャルロットがパッと明るい顔になる。

「ええ。何か作れそうなものがないか、食材の保管庫を見てきます。シェフの方とも相談して作れそうな品の下準備を済ませてきますので」

リオはそう言って、ソファから立ち上がった。

「手伝いましょうか、ハルトさん？」

と、料理上手なオーフィアと美春《みはる》がすかさず申し出る。

「いえシャルロット様からリクエストを頂いたのは私ですから。皆さんはこのままこちらでおくつろぎください。早ければ小一時間ほどで戻りますから」

リオは二人を制止すると、応接室を後にしたのだった。

◇　◇　◇

リオが退室し、応接室の扉がぱたんと音を立てて閉まる。と――、

「……今がちょうどいいかもしれませんね。ハルト様がいらっしゃらないうちに、皆様に訊《き》いておきたいことがあるのです」

シャルロットが一同の顔を見回しながら、不意にそんなことを言う。

「何を、でしょうか？」

クリスティーナが最初に口を開き、シャルロットに尋ねた。すると、シャルロットは愉《たの》しそうに瞳《ひとみ》を輝《かがや》かせ――、

「将来的に、皆様はハルト様とどういう関係になりたいとお考えなのでしょうか？」

と、その場にいる少女達に向けて問いかけた。

「…………………」

大半の者がギョッとし、室内に沈黙《ちんもく》が降りる。

「はい、私はお兄ちゃんとずっと一緒にいたいです！」

ラティーファが真っ先に手を上げて訴《うった》えた。

「それは妹として、ですか？　スズネ様はハルト様と血のつながりはないということでしたが……」

「妹としても、女の子としても……です！」

シャルロットから見定めるような眼差《まなざ》しを向けられて尋ねられるが、ラティーファが臆《おく》さずに答える。

「私も春人《はると》とずっと一緒にいる」

「それはスズネ様と同じように、一人の女性として……ですよね？」

アイシアも続けて申し出ると、シャルロットが小首を傾げて確認する。少し不思議そうに尋ねているのは、アイシアの雰囲気が純粋無垢《じゅんすいむく》すぎてリオと男女の仲になっている姿を想像しにくいからなのかもしれない。

「私は女性だよ？」

アイシアも不思議そうに首を傾げた。

「んー、なんと言いますか、ハルト様と男女の仲になりたいかという話なのですが。結婚して家庭を築きたいとか。そういった意味で一緒にいたいということですか？」

と、シャルロットは意図を詳細《しょうさい》に言語化して質問し直す。

「そういう関係であっても、なくても、春人の傍《そば》にいる。春人が一緒にいたいと思ってくれる限り」

「なるほど……」

何か感心するところがあったのか、シャルロットは強く瞠目《どうもく》する。そして――、

「では、他の皆様はどうでしょう？」

改めて、他の面々に問いかけた。

だが、ラティーファとアイシアに続く者は現れない。

「…………」

押《お》し黙《だま》る美春、セリア、沙月《さつき》、リーゼロッテ、サラ、オーフィア、アルマ、そしてクリスティーナとフローラ。

「ふむふむ。となると、明確にハルト様への好意を抱《だ》いているのはスズネ様とアイシア様そして私ということになりますね」

シャルロットが一同を見回しながら確認し、さりげなく自分も春人に好意を抱いていることを明らかにした。

「いやいや、急にそんなことを開けっぴろげに訊かれても答えられないでしょ、シャルちゃん。どうしてそんなことを訊かれたのかもみんなわかっていないでしょうし」

と、沙月が横目で美春の顔色を窺いながら訴える。

「これは私としたことが。勇み足だったようですね。前々からご存じの方も何人かいらっしゃるのですが、今申し上げました通り私はハルト様を異性として慕《した》っておりまして、可

能なら婚姻《こんいん》を、と考えているんです。そこで、ハルト様の周りにいらっしゃる女性の皆様がハルト様のことをどう思っていらっしゃるのかを伺《うかが》っておきたかったんです」

シャルロットは澄《す》んだ声ではきはきと語った。

（絶対狙《ねら》って説明を省いたくせに）

不意打ちで質問することで反応を探《さぐ》ろうとしたのだろう。沙月はジト目でシャルロットを見た。彼女《かのじょ》がどういう子なのかは沙月もだいぶ理解するようになっている。

「さしあたってスズネ様とアイシア様が明確なライバルだとわかったのはとても嬉しい収《しゅう》穫《かく》です。他の皆様がどう思っていらっしゃるのかはわかりませんが……」

シャルロットは回答を口にしていない面々の顔をにこやかに見回し、さらにその反応を探ろうとする。クリスティーナ、オーフィア、アルマ、リーゼロッテ辺りはポーカーフェイスを貫《つらぬ》いているが、その他の面々からは少なからず表情から何かしらの想《おも》いをリオに抱いているのが見て取れた。それを見抜《みぬ》けないシャルロットの観察眼ではない。

（クリスティーナ様、オーフィア様、アルマ様、リーゼロッテもまだどうかはわからないけれど、他の方々は皆少なからずハルト様に好意を抱いていると見て間違いはなさそうだわ）

シャルロットはふふっと口許《くちもと》に愉悦《ゆえつ》を覗《のぞ》かせると――、

「今後、ハルト様のもとには様々な縁談《えんだん》が押し寄《よ》せるでしょうから、想いを秘《ひ》めていらっしゃるのなら皆様、早い内に正直になられた方がよろしいかもしれません」

と、回答を控《ひか》えた者達を焦《じ》らせるようなことを言う。

「…………………」

回答を控えた者達はいまだ沈黙を貫いているが、それぞれ少なからず焦燥《しょうそう》したような顔になる。シャルロットは一同の反応を観察し、実に愉しそうにほくそ笑《え》んだ。

(まあ、大抵《たいてい》の縁談はお父様が弾《はじ》いてしまわれるでしょうけど)

せっかく危機感を煽《あお》るようなことを言ったのだから、わざわざそれを言って安心させることはしない。

「それはシャルロット様からの宣戦布告ってことですか？」

ラティーファが負けん気を瞳に込めて確認した。

「様付けでなくとも構いませんよ。私の方が一つ年上ですから、サツキ様に対するようにお姉ちゃんとつけていただいても構いません。本当に姉になるかもしれませんし」

シャルロットはこの状況《じょうきょう》を相当楽しんでいるのか、にやけすぎて表情筋が緩《ゆる》むのを堪《こら》えるように応じる。

「むうう。答えてください、シャルロット様」

ラティーファはぷっくりと頬を膨らませて回答を促《うなが》した。

「誰《だれ》か一人だけがハルト様に選ばれる、というのなら宣戦布告になるのでしょうか。ですが、そうでない可能性があるのなら、将来のことを考えて積極的に協力関係を築いておきたいところです」

「そうでない可能性というのは……」

「一夫多妻。すなわち、ハルト様が複数の女性と結婚する場合です。ただ、それでも妻の席に数の限りがあるかもしれませんから、競争する可能性はありますけれど」

可能なら協力関係を築いておきたいと言いつつも、その方が愉しいとでも思っているのか、ちゃんと焦燥感を刺激《しげき》するようなことも言い忘れないシャルロット。

「うーん、ハルト君は一夫多妻は無理なタイプだと思うけどなあ」

沙月がぽつりと言った。

「どうしてそうお考えに？」

「だって彼《かれ》、そういう器用なことができる人間じゃないでしょ。好きになったら一人の人のことをずっと大切にし続ける人だと思う」

「わかります。そういうところが素敵《すてき》なのですよねえ」

シャルロットはうっとりとした顔になる。うんうんと頷くラティーファ。一方で、セリア、サラ、フローラなども小さく首を縦に振《ふ》っている。
「いや、わかっているのなら一夫多妻制を前提にした話はしても意味がないでしょ」

沙月が呆《あき》れ気味《ぎみ》に言う。

「いえいえ。それでも一夫多妻を受《う》け容《い》れてもらえる可能性がゼロというわけではありませんし」

と、非常に前向きなシャルロット。

「まあ、ハルト君の考えを確かめたわけでもないしね。私の予想なだけだし」

沙月は心労を吐《は》き出《だ》すように息をつく。すると――、

「……アマカワ卿《きょう》は一夫多妻には抵抗《ていこう》があると仰《おっしゃ》ってはおりましたね」

クリスティーナが情報を提供した。

「まあ、そうなのですか？　その話はぜひ詳《くわ》しく聞きたいです」

シャルロットがすかさず食いつく。

「これ以上はアマカワ卿の胸中にも関《かか》わることですから、表層的な部分を超えての考えについてまでは、私の口からは」

「すごく、すごーく気になるのですけれど、仕方がありませんね」

クリスティーナは困ったように苦笑してかぶりを振ると、シャルロットは唇《くちびる》を小さく尖

らせて渋々得心した。

「正味な話、一夫一妻で誰か一人だけしか選ばれないとしたら、私は自分が確実に選ばれるという自信がありません。他の皆様もそうなのではないでしょうか？　無論、この中で既にハルト様とそういった関係になっていらっしゃる方がいるのであれば話は別ですけれど……」

シャルロットは気持ちを切《き》り替《か》えて別の話を切り出し、再び一同に尋ねた。

「むう……」

流石《さすが》のラティーファもその自信があるとは即答《そくとう》できない。

「…………」

他の面々も押し黙る。

「そういった方はまだいらっしゃらないようで、とても安心しました。私にも可能性があるということだもの」

と、シャルロットは実に晴れやかに語り——、

「ただ、問題はちゃんとハルト様に自分が異性として認識《にんしき》されているのか、ということでしょうか。私の見立てではハルト様は相当奥手《おくて》な方だとお見受けしていて、同時に紳士的《しんしてき》でもあるので下心が垣間見《かいまみ》えるような行いは決してなさりません」

追加でそう続けて、少し物憂げな顔になる。これでは自分が異性として意識してもらえているのかわからない、と。

「お兄ちゃんのこと、よく理解しているんですね、シャルロット様……」

ラティーファが感心し、一目置くような視線をシャルロットに向ける。恋《こい》のライバルとしてはなかなか油断ならないのではないか。思わぬダークホースの登場だ。といったところか。

「ありがとうございます。伊達《だて》に王族として生まれ育ったわけではないので。義理の妹であるスズネ様にそう仰っていただけるのなら自信が持てます」

にこりと可愛《かわい》らしく笑みをたたえて礼を言うシャルロット。

「お兄ちゃんは親しい人が相手でも、自分からはあまり距離《きより》を詰《つ》めてくれないんです。旅から帰ってきて心境の変化があったのか、今はちょっと変わったみたいですけど……。だから、距離を詰めようと思ったら私達の方から積極的に歩み寄っていくしかなかったというのが今までの状況でした。それでも異性としてみてもらえているのかはわからなくて」

なかなかに思うところがあるのか、ラティーファが複雑な表情を覗かせる。

「そうなのですか……。となると、一夫多妻の話は別として、ハルト様を攻略《こうりやく》するためにはまず私達のことを異性として認識してもらえているのかを確認するところから始める必要がありそうですね」

シャルロットが対リオ攻略の方針を打ち出す。すると――、

「……ですが、そう簡単ではありませんよ」

サラが思いきった様子で話に加わった。

「人との繋がりを失うことを恐《おそ》れている子ですからね。人と繋がることを嫌《きら》っているわけじゃないけど、潜在的《せんざいてき》なところで人と深く関わるのを怖《こわ》がっているんだと思います」

セリアも自然とリオに対する分析《ぶんせき》を述べた。サラの言葉を受けてのものだが、サラに触発《しょくはつ》されたというわけではなさそうだ。

「非常に有意義なお話になってきましたね」

実に良い話の流れになってきたと、ご満悦《まんえつ》なシャルロット。

「お兄ちゃんと親しくなろうと思ったら押せ押せだよ。遠慮《えんりょ》してたら駄目《だめ》、絶対」

と、ラティーファがリオと親しくなる上で肝要《かんよう》なことを訴える。積極的に話に加わることはしないが、フローラはふむふむと実に真剣《しんけん》な面持ちで話を聞いていた。その旁《かたわ》らでクリスティーナやリーゼロッテも興味深そうに耳を傾《かたむ》けている。そして――、

（みんなハルトさんのことが好きなんだ……。最後にお城で別れた時にそう言っていたけれど、シャルロット様も本気でハルトさんのことを……）

美春も引っ込み思案であるがゆえに今の今まで沈黙を貫いてはいるが、内心では色々と考えていた。他の者達同様に、この場の雰囲気にだいぶ触発され始めているのだ。

夜会の後、ガルアーク王国城で貴久《たかひさ》に攫《さら》われそうになった時にリオに対する想いを意図せず知られてしまった美春だが、以降は現在に至るまでに関係がまったく進展していないのが実情である。

というのも、大勢でいるときは大丈夫《だいじょうぶ》なのだが、二人きりになるとリオへの想いを知られてしまったことをどうしても思い出してしまい、恥ずかしくて、意識しすぎてしまうからだ。それに、夜会以降、リオとは別々にいる時間の方が多かった。けど――、

（このままじゃ駄目、なんだよね）

と、意気込む美春。これからは一緒にいる時間が増えるとリオは言ってくれたが、今のままではおそらく関係が変わることはないと薄々《うすうす》気づいている。だから――、

（うん。恥ずかしいからって、逃《に》げていちゃ駄目だ。私だって、ハルトさんのことが好きなんだから……）

変わる必要があると、美春は強く思う。だって好きなのだ。大好きなのだ。前世の天川《あまかわ》春人のことはもちろん、今のリオのことも……。

だから、他の誰かにリオのことを譲《ゆず》るつもりはない。譲りたくない。シャルロットに危

機感を刺激されたこともあってか、美春は夜会の頃《ころ》の気持ちを思いだし、改めてそう思っていた。すると――、

「一つ、提案があるのですけれど」

シャルロットが満を持したように言う。

一同の注目がシャルロットに集まる。と――、

「ハルト様に異性として意識されているのかを確認《かくにん》するために、今日この機会を利用して何か仕《し》掛《か》けてみませんか？」

シャルロットはそんな提案をした。

「……当然のようにこの場にいるみんながハルト君のことを好きだと思っていない？」

沙月がジトーッとした目つきで言葉を挟《はさ》む。

――ハルト君と一緒に暮らしているみんなはともかく、クリスティーナ姫《ひめ》やフローラ姫だっているのよ？

とでも言いたいのか、沙月は二人の方に視線を向けた。

「いいえ、そのようなことは思っておりませんよ。ですので、あくまでも参加は任意。ハルト様のことが好きだというのであればご参加ください。無論、他の動機……、例えば面《おも》白《しろ》そうだからという理由で参加していただいても構いません」

シャルロットは朗々と答える。

「そう……。でも、仕掛けるって言っても何を仕掛ける気よ？」

「そうですね。最も直接的なのはハルト様に恋の話を振るとかでしょうか。例えばこの場にいる誰が好みなのかとかそういった質問を投げかけてみる……というのは面白いかもしれません」

「それ、ハルト君が答えると思う？」

「確かに、全員が揃《そろ》っている場でそれをしてしまうとハルト様は身構えてしまいそうですねえ。となると、この場にいる何人かでグループを作り、ハルト様のもとを訪《おとず》れてそういった話を振ってみるというのが現実的でしょうか。とはいえ、連続して別々にハルト様のもとを訪れて、それぞれが恋話をするのもすごく不自然ではありますし、グループ分けをした後に、それぞれのグループ毎《ごと》にお題を決めるのがいいかもしれません。あとは」

シャルロットは口許に手を当て、思案し――、

「可能ならハルト様に異性として見られているのかを知る必要はないという方にも参加していただく方がよろしいかもしれません。カモフラージュになりますからね。これはハルト様との関係を深めるための催《もよお》しだと考えましょう。今のこの場の空気を利用するからこそ、できそうな話もあるでしょうから」

と、考えをまとめた。

「すごく良いと思います！」

ラティーファがすかさず賛同する。

「ありがとうございます。他の皆様はどうですか？　参加したくないという方がいらっしゃったら挙手してください」

「…………」

手を上げる者は誰も出ない。それを確認し——、

「では、グループを決めて、何を話すのかを決めてから、ハルト様のもとへ向かうとしましょうか」

リオとの関係を深めるためにアプローチを試みようという催しが、リオのいぬ場で密《ひそ》かに開催《かいさい》されることになったのだった。

◇◇◇

数十分後。

キッチンで夕食の仕込みをしていたリオ。調理をする貴族が大変珍《めずら》しいからか、屋敷に

いる控えの者達《たち》が興味深そうにリオの仕込みを見守っている。その中にはアリアを始めとするリーゼロッテの侍女達《じじょたち》や、ヴァネッサの姿もあった。

大勢の視線を浴びてちょっぴり居心地《いごこち》が悪そうなリオだったが、その手際《てぎわ》は実に鮮《あざ》やかでギャラリーから感心されていた。

ちなみに、作っていたのは大麦を具材として利用したライス風のコロッケである。ソースに凝《こ》ったり、具材となる大麦はリゾット風にして味付けをしたりして――、

（よし、これで仕込みは完了《かんりょう》と）

あとは食事の前に油で揚《あ》げればいい状態になった。大勢で食べても足りなくならないようにと、仕込みの終わった材料がたっぷりとある。

外気に晒《さら》されないよう材料の入ったボウルを包み紙で覆《おお》うと、魔術《まじゅつ》を用いた冷蔵庫にそれを入れた。すると――、

「ハルト君」

キッチンに沙月の声が響《ひび》いた。名前を呼ばれてリオが振り返《かえ》ると――、

「沙月さん……と、オーフィアさん、クリスティーナ様にフローラ様も……」

リオはやや面食らったような顔で、キッチンの入り口に立っていた四人の名を呼んだ。調理を見学していた控えの者達は綺麗《きれい》にはけている。

「やっほ。驚かせちゃった？」

沙月は少しぎこちない表情でリオに挨拶《あいさつ》した。

「驚いたといいますか、四人でいっしょにいらっしゃるのが珍しくて、なんだか不思議ですね。どうかなさったんですか？」

「いや、こういう機会ってなかなかないし、珍しい組み合わせで行動する時間を確保してみようって話になってさ」

「なるほど。すごく良い試みだと思います」

「ハルト君、まだ仕込みの最中？　よかったら私達とお話ししない？」

「ちょうど仕込みが終わって、皆《みな》さんのところに戻ろうと思っていたところでした。構いませんよ」

リオは快く承諾《しょうだく》する。

「じゃあ、ちょっとそこのダイニングにでも行きましょうか」

「ええ」

そうして、リオ達は扉《とびら》を挟んでキッチンと繋《つな》がるダイニングへと移動する。三十人は座《すわ》れそうな巨大《きょだい》な食卓《しょくたく》の一角に五人で腰《こし》を下ろすと――、

「ごめんね、一人で料理を作らせちゃって。でも、ハルト君の料理って本当に美味《おい》しいか

らすっごく楽しみ！」

沙月がリオに喋りかけてきた。

「いえ、シャルロット様のリクエストですし、料理をするのは好きなので。それに、男の俺が一人であの部屋にいても異質でしたしね」

リオはほのかに苦笑《くしょう》して応《こた》える。

「そんなことはないと思うけどなあ。ねえ？」

沙月は後半部分の言葉を受けて、クリスティーナ、フローラ、オーフィアに意見を求めた。

「みんなハルトさんともっとお話をしたいなって、ハルトさんがいない間に話していたんですよ。だからこの場に来たんです」

と、まずはオーフィアが言う。

「確かに、アマカワ卿は皆さんから慕われていましたね」

クリスティーナがそう言って、口許をほころばせる。

「はい。私達ももっとハルト様とお話をしたくて……」

はにかむフローラ。

「そうであるのなら、嬉《うれ》しいです」

リオはこそばゆそうな顔になる。

「それはそうと、ハルト君は何を作ったの？」

「大麦のリゾットが入ったコロッケです」

「うわあ、またすごく美味しそうなものを……」

「どうぞお楽しみに」

「うん！　それにしても、ハルト君と結婚《けっこん》する子は幸せ者よね」

笑顔《えがお》で頷《うなず》く沙月だったが、不意にリオの顔色を窺《うかが》いそんなことを言いだす。

「どうしたんですか、突然《とつぜん》？」

「いや、だってハルト君の料理ってすごく美味しいし。料理ができる男の人ってすごく素敵なのよ？」

「……ありがとうございます」

リオは照れくさそうに礼を言う。

「ちなみに、ハルト君は料理ができる女の子は好き？」

「んー、別に料理ができるかできないかで人を好きになることはないと思いますけど」

「ふーん。じゃあ、料理はできなくてもいいの？」

「ええ」

「でも、女の子から料理を作ってもらえたら嬉しいでしょ？　それで相手のことを気になるようになるかもしれないわけだし。好きな人の料理なら食べてみたくならない？」

沙月は色々とリオに質問を投げかける。

「まあ、確かに。そうかもしれません」

ちゃんと真面目《まじめ》に考えて答えるリオ。

「それは料理があまり上手でなくても、嬉しいものなのですか？」

クリスティーナもリオに質問した。

「そうですね。王侯《おうこう》貴族の方だと普通《ふつう》は自分で料理を作ることはないと思いますが、自分のために作ってくれるということはそれだけで嬉しいものだと思います。前にも似たようなことを話したかもしれませんが」

「なるほど……」

興味深そうに唸《うな》るクリスティーナ。

その隣《となり》でフローラがふむふむと頷いている。

「ハルトさんは結婚するならどういう女の子が理想とか、ありますか？」

今度はオーフィアがリオに尋《たず》ねた。

「理想、ですか……」

「例えば顔の系統とか、髪《かみ》の色とか、髪の長さとか、性格とか」

「難しいですね。好きになった人が理想になる、というのでは駄目でしょうか？」

困り顔で答えるリオ。

「駄目よ。もっと具体的にしないと」

沙月がビシッと言い放つ。

「え、ええ？」

「一つでも良いから言って頂戴《ちょうだい》。大事なことだから」

「うーん……。一緒《いっしょ》にいて沈黙が苦にならない人、とか？」

リオが首を捻《ひね》って回答する。

「ふーん。あんまりうるさくない子がいいの？」

「いえ、私があまり口数の多い人間ではないので、相手に喋ってもらった方がありがたいことはありがたいかもしれません。けど、無理して喋り続けることはないといいますか、喋らない時間があっても気にせずにリラックスできるといいなといいますか……」

「なるほどねえ」

沙月が関心を寄せて納得《なっとく》する。それから、リオは一同から引き続き色々と質問を投げかけられることになる。

（……なんか妙《みょう》に結婚の話とか、恋愛《れんあい》の話とか、好みのタイプの話が多いな？）

律儀《りちぎ》に答えていたリオだが、途中《とちゅう》で違和感《いわかん》を覚える。すると、リオの表情から、それを察したのか――、

「ハルト君がいない間に色々とガールズトークをしたの。やっぱり恋愛とか結婚の話は定番じゃない？　色々と話をしたんだけど、参加者全員がお付き合いの経験がないもんだから男の人のことでよくわからないことも多かったのよ。で、私達にとって一番身近な男の人ってハルト君だから、色々と訊いてみることにしたの」

沙月がすらすらとそらんじるように言う。

「なるほど……。となると、話が弾《はず》んだみたいですね」

リオは素直《すなお》に得心する。

「そうよ。私達は年頃《としごろ》の普通の女の子なんだから、普通にそういう話をするのよ。ね、オーフィアちゃん」

「はい。ハルトさんがいない時によくしていたりするんですよ」

そう語り、オーフィアがふふっと微笑《ほほえ》む。

「王族である私やフローラは普通の女の子とは言えないのかもしれませんが、とても楽しくお話をさせていただきました」

「はい。新鮮《しんせん》な話を色々と聞けて、普通の女の子みたいにお話ができて、とても楽しいです。この会に誘《さそ》ってくださりありがとうございます、ハルト様」

などと、クリスティーナとフローラ。

「いえ、お二人ともとても素敵な普通の女の子だと思いますよ」

リオは優《やさ》しく目を細めて、二人に言う。

「……ありがとうございます」

クリスティーナがわずかにはにかんで礼を言った。フローラに至っては完全に照れて顔を赤くしている。と――、

（この人は本当にそういうことをさらりと言っちゃうからなあ）

沙月が何か言いたげな顔で、ジロリとリオを見つめた。顔が良くて、紳士的で、スペックも高いので非の打ち所がない。確かにこれならモテるのだろう。実際、モテているのもよくわかる。唯一《ゆいいつ》の欠点は朴念仁《ぼくねんじん》なくせにジゴロな言葉を口にするところか。

「たまに本当に勘違《かんちが》いしそうになるんだから」

と、沙月は唇を尖《とが》らせて呟《つぶや》く。

「えっと、沙月さん？」

リオが沙月の視線に気づいて首を傾《かし》げる。

「なんでもなーい」

沙月は少し間延びした口調で応えると――、

「さて、それじゃあ私達はそろそろお暇《いとま》しますか。後もつかえていることですし」

そう言って、立ち上がった。

オーフィアにクリスティーナ、フローラも続けて立ち上がる。

「この後、何かあるんですか？」

リオが尋ねた。一緒に腰を上げようとするが――、

「実は順番でハルト君と話をしようってことになっているの。だからハルト君はこのままここにいて。私達が戻《もど》ったら次のグループが来るから」

沙月が制止する。

「……なるほど。では、ここでお待ちしていますね」

リオはフッと笑みを浮《う》かべて得心し、椅子《いす》に座り直す。

「じゃあ、また後でね。ハルト君」

沙月達が立ち去っていく。

この場で獲得《かくとく》した情報を持ち帰り、後ろのグループと共有するのだ。余談だが、翌日にはリオに手料理を振る舞《ま》う行事が催されることになったのは別の話である。

◇　◇　◇

それから、十数分が経過すると――、

「お兄ちゃん！」

食堂の扉が開き、ラティーファが顔を出した。その背後にはリーゼロッテもいて、扉を閉めて二人で入室してくる。

「次はラティーファとリーゼロッテさんですか」

確かに、これもなかなか珍しい組み合わせだ。

「うん！　前にリーゼロッテお姉ちゃんのお家でお泊《と》まり会をした時はこの三人だけになる時間がなかったからね。生まれ変わる前にバスに乗っていた三人組だよ！　積もる話があるでしょう？」

と、ラティーファは言いながら、定位置であるリオの隣の席に腰を下ろす。食堂の中に三人だけしかいないからこそ話せることだった。

「前世で三人で話をしたことはなかったけどな」

お互《たが》いに親しい間柄《あいだがら》ではなかったからだ。よく同じバスに乗っていたというだけの間柄で、顔を合わせたからといって挨拶をするような仲でもなかった。

「前世では他人に近かった三人が、生まれ変わったら一緒にお泊まり会をするような仲になったのですから、なんとも不思議ですね」

リーゼロッテはくすくすと笑いながら語って、リオとラティーファの向かいの席に腰を下ろす。

「別々の場所で生まれ変わって、生まれ育って、それでも再会できたんだもん。これってすごい奇跡《きせき》だよね」

ラティーファはきらきらと目を輝かせる。

「ああ、そうだな」

「懐《なつ》かしいなあ。私、お兄ちゃんに会いたくて、バス通学に変えたんだよ？」

「そう、だったのか？」

リオが目を丸くする。初耳だった。

「実はそうだったんだよ、えへへ。私がバスを乗り過ごしてお兄ちゃんに送り届けてもらった後に、お母さんがバス通学にしていいよって言ってくれたの。恥《は》ずかしくてずっと声をかけられないまま死んじゃったけど、お兄ちゃんと仲良くなりたかったから」

はにかむラティーファ。

「……なら、バス通学に変えていなければ、ラティーファは死ななかったかもしれないのか？」

リオは少し後ろめたそうな顔になる。

「お兄ちゃんのせいで私が死んだって思っているのなら、怒《おこ》るよ。こうして生まれ変わっていなければお兄ちゃんとこんなに仲良くなることはできなかったんだから」

「……そうだな」

「私は前世のお兄ちゃんに憧《あこが》れていたんだよ。格好良くて、私を助けてくれた天川春人お兄さんに。だから、バス通学を選んでなければ生きていたのに……とか、少しも思わないの！　今のお兄ちゃんのことも大大大好きなんだから！」

ラティーファは隣から抱きつき、屈託《くったく》のない純粋《じゅんすい》な好意をまっすぐリオにぶつける。

「バスの中では恥ずかしそうにハルトさんのことを眺《なが》めていたラティーファちゃんが、こんなにまっすぐ気持ちを伝えられるようになったんだから、すごく素敵だと思う」

リーゼロッテは微笑ましそうにラティーファを見る。

「後悔《こうかい》はしたくないからね。お兄ちゃんにはこれでもかってくらい好きって伝えないと伝わらないし」

「十分すぎるほどに伝わっているよ」

と、リオは嬉しそうに微笑んで言う。

「本当に？」

ラティーファは疑《うたぐ》るような視線をリオに向ける。

「ああ」

「んー、私の好きは兄妹《きょうだい》としての好きもあるけど、遠藤涼音《えんどうすずね》が天川春人お兄さんに向けていた好きと同じ意味の好きも含《ふく》まれているんだよ？」

今まで散々好き好きとアピールしてきたラティーファ。態度ではそれとなく示すことはできても、異性として好きなのだと直接に示すような言葉を口にするのは意識的に避《さ》けてきた。だが、先ほどのシャルロット達との会話に触発されたのか、なんだか今はすごく自然と言うことができた。

「………そっか。うん」

瞠目して硬直《こうちょく》しかけたリオだったが、優しい笑みをたたえて頷いた。迷惑《めいわく》ではない。困るわけでもない。嬉しいのだと思う。けど――、

「返事は……ごめん。まだ、今すぐにはできないんだけど」

今はまだ、誰かを好きになることができるような心境ではない。リオは言葉を濁《にご》すことはせずに、正直な気持ちを伝える。

「いいよ。今はそれで……」

ラティーファは悟《さと》ったような顔で、リオに抱《だ》きつく力を強めた。

「えーと、私、なんだかすごくお邪魔《じゃま》じゃないかな？」

向かいに座るリーゼロッテが困り顔で言う。

「そんなことはないよ。お兄ちゃんと二人きりだったら言えなかったと思うし。リーゼロッテお姉ちゃんがいて前世の話をできたから言えたんだもん。今、すごく恥ずかしくなってきたし。えへへ」

本当に照れているのか、ラティーファは珍しく顔を真っ赤にしてしまう。

「そっか……」

リーゼロッテは優しく微笑む。

「妹としてだけど、スズネ＝アマカワって、天川涼音って、そうやって名乗ることができて今はそれがすごく嬉しいの。だから、今はそれで十分なの。ふふん。いいでしょ、リーゼロッテお姉ちゃん？」

「うん、羨《うらや》ましいかも」

ラティーファに言われると、リーゼロッテはやはり微笑ましそうに頷く。が――、

「リーゼロッテお姉ちゃんもお兄ちゃんと結婚したらアマカワって苗字《みょうじ》になれるよ？」

「あ、リーゼロッテお姉ちゃんの顔が赤くなったよ。お兄ちゃん！」

「……そ、それは、急にそういうことを言うのは反則。意識していなくても想像しちゃうから」

「え、ええ？」

「天川立夏《りっか》。リーゼロッテ＝アマカワ」

　リーゼロッテが声を上ずらせて訴《うった》える。

「も、もう！」

　ラティーファにリオの家名付きで名前を呼ばれ、リーゼロッテの顔がさらに赤くなる。

「こら、ラティーファ。あんまりからかうとリーゼロッテさんが困るだろ」

　リオが呆れ顔《がお》でラティーファを叱《しか》る。

「はーい。私はリーゼロッテお姉ちゃんもライバルだと思っているんだけど……」

　ラティーファは素直に頷きつつ、ぼそりと呟く。

「…………」

　口の動きから何を言ったのかはしっかりと悟った向かいのリーゼロッテだが、沈黙《ちんもく》を貫《つらぬ》いて聞かなかったことにする。

「んー、あとは……そうだ」

何か思い出したように、ラティーファがぽんと手を叩《たた》く。

「どうしたんだ？」

「えっとね。そういえばまだリーゼロッテお姉ちゃんに言っていなかったことがあるなと思って。次に会ったら言おうと思っていたんだけど……」

と、ラティーファはリオの顔を見上げながら言う。

「何の話だ？」

リオと向かいに座るリーゼロッテが首を傾げる。

「えっと、その、私の耳のこととか」

ラティーファはリオにそっと耳打ちする。

「ああ……。リーゼロッテさんなら教えてもいいんじゃないか？　秘密は守ってくれるだろうから。後はラティーファが言いたいかどうかだ」

リオは特に迷うことなく許可を出す。

「……お二人が秘密にしたいことであれば、誰にも口外はしませんよ」

リーゼロッテは真面目な面持《おもも》ちで宣誓《せんせい》する。そうして――、

「うん、じゃあ、あまり驚《おどろ》かないでほしいんだけど……」

ラティーファは自分の種族を打ち明けることを決める。リーゼロッテはラティーファの

種族を知ると、目を輝《かがや》かせてしばらく耳と尻尾《しっぽ》をもふもふし続けた。

◇◇◇

そして、ラティーファとリーゼロッテが立ち去ると――、

「というわけで、次は私達が参りました。この四人の組み合わせはいかがですか？」

次にリオがいる食堂を訪れてきたのは、シャルロット、サラ、アルマ、そしてセリアの四人だった。シャルロットとアルマがリオの両隣《りょうどなり》に座り、その向かい側にセリアとサラが腰を下ろす。

「サラさんとアルマさんとセリアが一緒にいるのは自然なのですが、そこにシャルロット様が加わられるだけでとても新鮮な組み合わせに感じますね」

と、リオが抱いた感想を素直に伝える。

「それは良かったわ。妻同士の仲が良好な一夫多妻の家庭では、日によって一緒にいる妻の顔ぶれを変えることで、夫に新鮮な気分を味わってもらえるように努力しているとか。夜のマンネリ化も避けられると言いますし」

私達が一緒に嫁《とつ》いだ際にも効果がありそうですね――と言わんばかりに、シャルロット

は輝かしく明るい表情を浮かべる。

「さ、然様《さよう》でございますか」

リオは反応に困り、思わず声が上ずる。一方で、セリアとサラは顔を赤くしていた。アルマは何の話をしているのか知りませんよと言わんばかりに、素知らぬふりでそっぽを向いている。

「ところで今日気づいたのですけれど、ハルト様ったらセリア様のことを呼び捨てで呼ばれているのですね」

シャルロットがむうっと拗《す》ねた目でリオを見つめた。今までリオはセリアがいない場では様付けで呼んでいたので、今日初めてそのことを知ったのだ。

「……はい。プライベートな場ではそのように呼ばせていただいております」

リオは少々きまりが悪そうに認める。

「よろしいのですか、サラ様、アルマ様？」

シャルロットがサラとアルマに話を振《ふ》った。

「まあ、急に呼び捨てにされると恥ずかしいなという話に以前なったので」

「ええ」

などと、サラとアルマが答える。

「むうう。私はハルト様にはシャルと呼んでもらいたいですわ」

自分の感情には実に正直なシャルロット。名前呼びを飛《と》び越《こ》えて愛称《あいしょう》で呼んでもらいたいと訴えた。

「あはは……」

リオは力なく笑う。

「シャル、と呼んでいただけませんか？」

シャルロットは隣からリオにしなだれかかっておねだりした。それを見てちょっぴりジト目になる向かいのセリアとサラ。

「いえ、それは流石《さすが》に……」

リオはやんわりと拒否《きよひ》しようとするが――、

「何が流石に、なのでしょう？」

シャルロットが距離を詰めたまま、にこやかな表情を崩《くず》さずとぼける。

「身分的な問題がございますので。しかも呼び捨てを通《とお》り越して、愛称でとなると」

「では、第二王女として命じます。私のことをシャルと呼んでください」

「ええ……？」

「ほら、早くなさって。呼んでくださらないともっと過激なお願いを命じますよ？」

それはお願いではなく命令ではないかと思ったリオだが――、

「………シャル」

もっと過激なお願いというのが嫌《いや》な予感を刺激《しげき》したのか、やむをえず言われた通りにシャルと呼んだ。

「はい……！　では、もう一度、もう一度、呼んでくださいな」

シャルロットは法悦《ほうえつ》に浸《ひた》り、歓喜《かんき》してリオに再リクエストした。

「もう一度、ですか？」

葛藤《かっとう》するリオ。

「はい。お願いします。言ってくださらないと……」

「わ、わかりました。……シャル」

「もう一度」

「……シャル」

シャルロットは愉悦《ゆえつ》と幸福の入り交じった恍惚《こうこつ》の表情でお願いし続けた。途中から頭をリオに肩《かた》に預け、恋人《こいびと》のように振る舞い出す。

「むうううう……」

向かいに座るセリアとサラの視線がひしひしと突《つ》き刺《さ》さるのを感じるリオ。だが、シャルロットはお構いなくリクエストし続ける。

「もう一度」

「シャ、シャル」

「まだ照れがありますね」

ここでシャルロットはいったんリオの肩から顔を離《はな》して、代わりにリオの腕《うで》にぎゅっと抱きついた。そして——、

「では、照れをなくす練習です。私の頭を撫《な》でながらシャルと呼んでみましょう。ほら、そちらのお手を……」

シャルロットは自由なリオの右手を掴《つか》み、そのまま自分の頭にもっていこうとした。しかし——、

「シャ、シャルロット様⁉」

ここでセリアが椅子から立ち上がった。

「あら、何でしょうか？」

シャルロットは不思議そうに首を傾げる。

「さ、流石にハルトにくっつきすぎではないでしょうか？」

本日は無礼講とはいえ他国の第二王女と伯爵令嬢《はくしやくれいじよう》という身分差があるため、静観し続け

ていたセリアだったが、このままだと際限なくリオとイチャつく姿を見せつけられそうだったので、我慢《がまん》の限界を迎《むか》えたらしい。

「そ、そうです！　お姫様《ひめさま》だと思って黙《だま》っていましたが、それ以上は駄目《だめ》です！」

サラも力強く訴える。

「まだ離れたくありませんのに……」

シャルロットはリオの顔をそっと掴んで自分の方を向かせて、至近距離《きょり》からじっと視線を合わせた。

「そこまでです」

シャルロットの逆側に座るアルマが、リオの身体をクイッと引っ張った。心なしか唇《くちびる》を尖らせているようにも見える。

「あん……、もう」

軽く姿勢を崩したシャルロットは、むうっと可愛《かわい》らしく頬《ほお》を膨《ふく》らませたのだった。

◇　◇　◇

「最後は美春さんとアイシアか……」

リオは最後にやってきた二人の顔を見て、ホッと安堵《あんど》の息をついた。

「私達だけ新鮮な顔ぶれでなくてごめんなさい……」

美春が申し訳なさそうに謝《あやま》る。

「いえ、そんなことはないです。俺《おれ》がずっと旅に出ていて、この三人で一緒に過ごす時間もありませんでしたからね。なんというか、すごく落ち着きます。本当に……」

先ほどのシャルロットとのやりとりを思い出し、リオはしみじみと言う。

「……はい。なら、良かったです」

美春は少し緊張《きんちょう》しているのか、表情が硬《かた》い。

「えっと、座りませんか？」

リオが二人に着席を勧《すす》める。

「はい……」

美春はぎこちなく歩き出し、リオの向かいの席に回ろうとした。しかし、アイシアが美春の手を掴む。

「三人で並んで座ろう」

「ちょ、アイちゃん？」

「美春はいつも春人の隣に座りたがっているのに、みんなに譲《ゆず》っている。今は他に誰《だれ》もいないから、美春が隣に座るべき」

「ハルトさんの隣に座りたいなんて、言ったことあるっけ、私⁉」

顔を真っ赤にして訴える美春。

「はい、座る」

アイシアは美春をリオの右隣《みぎどなり》に座らせ、自分はリオの左隣《ひだりどなり》に着席した。

「…………」

美春は俯《うつむ》きがちに、リオとは反対の方向を見て押《お》し黙ってしまう。緊張しているのが丸わかりだった。

「……」

リオはなんとなくバツが悪くなる。と――、

「……春人」

アイシアがリオの名を呼んだ。

「何？」

「美春が緊張している」

と、アイシアに言われて、美春はぎくりと身体を震《ふる》わせる。

「……うん」

リオはぎこちなく頷く。

「みーちゃんって呼んであげるといい」

「ええ？」

ギョッとするリオ。

「何を言っているの、アイちゃん⁉」

美春は慌《あわ》ててアイシアの方を見る。

結果、すぐ隣に座るリオの顔も視界に映った。リオの視線が自分の方に向いたことに気づくと、恥ずかしそうにサッと視線を逸《そ》らしてしまう。

なんというか、美春がリオのことを好いていることは、もはや隠《かく》しようのない事実であった。人から向けられる好意に疎《うと》いところがあるリオだが、美春から向けられている好意には気づいている。実際、夜会の時に意図せぬ形で美春の想《おも》いを聞いてしまった。

以降、美春は恥ずかしがってリオと二人きりにならないようにしていた。リオもそれを察し、あまり二人きりになることはなかった。

だが、それは逃《に》げだ。伝えた方がいいと思ったことは伝えるとリオは決めた。だから、今のまま逃げるわけにはいかない。自分の立場を誤魔化《ごまか》して逃げ続けることは不誠実だと思うから。

一度、ちゃんと自分の考えは伝えておく必要がある。ゆえに、一緒になれた今この瞬間《しゅんかん》を逃《のが》す手はない。

「…………みーちゃん」

「っ⁉」

美春はハッとして、再びリオの顔を見た。

「こういう呼び方をしちゃいましたけど、やっぱり今の俺は天川春人ではないんです。俺は今日この日まで、リオとして生きてきたから……」

だから、ルシウスへの復讐《ふくしゅう》も果たした。復讐が終わったから、天川春人になろうなんて発想は出てこない。

「俺は……、今の俺は、リオです。ハルト＝アマカワではあるけれど、それは天川春人ではない。別人なんです。この世界でリオとして育ち、リオとして得てきたものを放棄《ほうき》することは俺にはできないから」

「…………………」

美春はじっとリオの顔を見て、リオの言葉を待った。

「なんというか、俺は理屈《りくつ》っぽくて、面倒《めんどう》くさい人間です。だから、天川春人にはなれません。そう思っていたから、天川春人は放棄するべきだと思っていた。それで美春さんを突き放《はな》そうとした。けど、天川春人の記憶《きおく》もある。天川春人のことは捨てようとしたけれど、それを捨てきることはできなかった。それがどういう意味なのか、そんな都合の良い在り方をしていいのか、まだわからないんですけど……」

と、そう語るリオはまだ少し、悩《なや》んでいるようにも見える。だが――、

「天川春人の記憶を持つリオにはなれる……のかもしれません。今の俺はリオだけど、かつては天川春人であったことから逃げることはもうしたくないから……。だから、今の俺にとって貴方《あなた》は美春さんであり、みーちゃんです。完全に天川春人になって貴方と接することはできないけど、それが俺の正直な想いです。それだけは伝えておかなければならないと思いました。俺のことをリオとしても、天川春人としても見てくれる大切な貴方のために……」

――両方、だよ。両方とも好きなんだと思う。生まれ変わる前のハル君のことも、今のハルトさんのことも。私は同じ人を二回、好きになった。

という美春が貴久に告げた言葉を、リオは今まさに思い出していた。美春がこう言ってくれたから、リオはリオとして、そして天川春人の記憶を持つ者として生きていってもいいのかもしれないと思えたのだ。

「はい、はい……」

美春はぽろぽろと涙《なみだ》を流し、こくこくと首を縦に振る。

今までずっと遠くを見ていたリオが、自分のことを幼馴染《おさななじみ》としても見てくれるんだと、ようやく思うことができたから。

嬉《うれ》しかった。すると──、

「リオ」

と、アイシアが優しい声音《こわね》でリオの名を呼ぶ。

「アイシア……?」

はたと目をみはるリオ。アイシアからリオと名前を呼ばれたのは初めてではないだろうか。そう思ったからだ。

「貴方はリオ。けど、天川春人でもあるんだよ。だから、自信を持って。これから先、色んな困難が待ち受けているのかもしれない。けれど、何者にもなれないはずの私に、私をくれたのは貴方だから……」

と、アイシアは胸元《むなもと》に手を当て、安らかな顔で言う。

「……ありがとう、アイシア」

リオは柔《やわ》らかく相好を崩して礼を言う。

そして、意を決したように美春の顔を見ると──、

「天川春人の記憶を持つ者として、今この瞬間だけは天川春人として、この言葉だけはちゃんとみーちゃんに伝えておくべきかもしれませんね。前世ではこの言葉を貴方に伝えることはできなかったから」

と、そんなことを言い始めた。

「えっと、何でしょう？」

美春がわずかに息を呑《の》み、身構える。と――、

「久しぶり、みーちゃん。ようやく会えたね」

――今までずっと逃げていて、ごめんなさい。リオは天川春人が高校の入学式で伝えられなかった再会の言葉を、普段《ふだん》のリオならば浮かべないいくしゃっとした笑《え》みをたたえながら、美春に伝えたのだった。

【エピローグ】 復讐の聖女

場所は大きく変わる。

シュトラール地方の外れも外れにある、遠い小国でのことだ。

この国は疲弊《ひへい》しきっていた。

寒く、乾燥《かんそう》していて、降雨量が少ない。

ゆえに、土地が痩《や》せ細《ほそ》っている。

民《たみ》が飢《う》えている。

肥えているのは王侯《おうこう》貴族だけ。豊かな暮らしを送ることができるのは、人口の一パーセントもいない王侯貴族だけ。国民の大半が飢えていた。

そうして、国は存続してきた。

存続し続けてきた。

だが、神でもない以上、何事にも永遠はない。

終わりは突然《とつぜん》訪《おとず》れる。

変化が起きようとしていた。これからシュトラール地方を大きく揺《ゆ》るがしていくことになる最初の変化が、今まさに起きようとしていた。

飢えた小国の王都で――、

「うおおおおおおおおおおっ！」

と、怒声《どせい》が響《ひび》き渡《わた》っていた。人口十万人にも満たない飢えた小国の国民の内、一万人にも及《およ》ぶ民衆が押し寄《よ》せていた。

民衆達《たち》は碌《ろく》な武器を持たず、防具も身につけず、農具を手にしている。中には農具すら手にしていない者もいる。

ほんの数分前、貴族街の門が破られ、民衆が一斉《いっせい》に王城へ向かって流れ込んだ。貴族街にあった建物は、その数多くが見るも無惨《むざん》な瓦礫《がれき》と化している。

王城へと続く道の先頭を、神職者のようなドレスを着て、メイスのような美しい錫杖《しゃくじょう》を手にした黒髪《くろかみ》の女性が進んでいる。

女性の年齢《ねんれい》は二十代中頃《なかごろ》から後半くらいだろうか。

「敬虔《けいけん》なる信徒達よ、時は来ました。私に続くのです！」

と、女性は錫杖を掲《かか》げて背後の民衆達に呼びかけていた。その声は怒声にかき消されて背後の十人にも届いていないが――、

「この日、この瞬間より、私はこの腐《くさ》った王国に神の裁きを下します。神の名を騙《かた》り富を牛耳《ぎゅうじ》る権力者達に、真なる神の鉄槌《てっつい》を与《あた》えます！」

貴族街の最奥部《さいおうぶ》に位置する絶壁《ぜっぺき》の上に建てられた王城に向けて錫杖を掲げ、女性は声を張り上げている。

「貴方達《あなたたち》の怒《いか》りは、私の怒り！　貴方達の復讐心《ふくしゅうしん》は、私の復讐心！　ゆえに、私が裁きの鉄槌を下すのです！　この腐った世界の権力者達に！　さあ、皆《みな》の怒りを！　溢《あふ》れるほどの怒りを！　私に！」

女性は止まらない。

その声も、その足も、止めることはない。小走り程度の速度だが、刻一刻と王城がある絶壁との距離を詰《つ》めている。

「さあ、皆の怒りを！　私が！　私が！　私が！　なくしましょう！　そして築き上げるのです！　民衆の、民衆のための社会を！　廃《はい》するのです！　腐敗《ふはい》した身分を、腐った権力を！　起こすのです、市民の手による革命を！　築くのです、民主主義を！」

女性の瞳《ひとみ》はただただ絶壁の上の王城しか捉《とら》えていない。その言葉は借り物のように、そらんじられているように虚《うつ》ろで、怒号《どごう》の中に消え去っていく。ただ、女性の瞳に宿る怒りだけは本物だった。その瞳は何かに対する激しい憎悪《ぞうお》の念が宿っている。

そうして、女性は進んでいく。

貴族街の最奥部に位置する王城との距離を詰めていく。だが、王城のある絶壁のふもとまで残り数百メートルといったところで、女性は不意に立ち止まった。

すると、連動して後ろから続く民衆達も立ち止まっていく。

ややあって――、

「復讐するは我にあり《ヴェンジェンスイズマイン》！　我、これに報いん《アイウィルリプライ》！」

と、女性は絶壁の上に建てられた王城を見上げながら叫《さけ》んだ。すると――、

「復讐するは神《ヴェンジェンスオブユー》！　復讐するは神《ヴェンジェンスオブユー》！」

と、民衆達が合唱する。

「復讐するは我にあり！　我、これに報いん！」

女性がそう叫びながら、手にした錫杖を振り上《あ》げる。

「復讐するは神！　復讐するは神！」

やがて怒声が王都全体を埋《う》め尽《つ》くしていく。

「復讐するは神！　復讐するは神！」

女性はそんな民衆からの叫びを背中で受け止める。そしてある瞬間、手にした錫杖を地面に向けて勢いよく振り下《お》ろした。

錫杖の先端《せんたん》が地面に触《ふ》れた瞬間、地面が爆発《ばくはつ》したように激しく隆起《りゅうき》する。爆発エネルギーは前方方向に集約しているのか、地面を吹《ふ》き飛ばしてめくり上がらせながら王城のある絶壁に向かって進んでいく。

「うおおおおおおっ！」

と、民衆達はその光景を眺めて熱く叫ぶ。隆起して吹き飛ぶ地面は津波《つなみ》のように高くなっていき、絶壁へと迫《せま》り──。

◇◇◇

一方、王城の最上階では──、

「な、何なのだ？　何なのだ？　私がいったい何をしたというのだ？」

この国の王は震え上がっていた。

つい昨日まで広がっていた権力者だけが目にできた光景は、もう今の王都には残っていない。ほんの数分前に貴族街の門が派手に吹き飛ぶ光景を目にして、貴族街の建物が吹き飛んでいく光景を目にして、押し寄せてくる万の暴力を目の当《ま》たり《あ》にして──、

「こ、怖《こわ》い。怖い……。恐《おそ》ろしい、恐ろしい……」

この国の国王は激しく震え上がっていた。

怖い。

ただ一色の感情が、頭を、心、埋め尽くしていく。王城には千人近い軍人が籠城《ろうじょう》して守りを固めているが、頼《たよ》りにもなるとは思えない。

千人程度、きっと一瞬で殺される。

すると、国王が隠れていた最上階の部屋の扉《とびら》が勢いよく開いた。そこから、近衛騎士団《きしだん》の団長が姿を現す。

「へ、陛下！　お逃げくださっ！」

焦《あせ》り顔で叫ぼうとした団長だったが、その言葉が最後まで続くことはない。

国王が最後に目にした光景は、頑強《がんきょう》な石造りの内装が団長を巻き込みながら爆散する場面であった。

◇　◇　◇

そして、場所は絶壁の下へと戻《もど》る。否《いや》、つい先ほどまで小高い絶壁が存在していた地点の前まで戻る。

絶壁とその上の王城ごと呑み込んでいった大地の津波を目の当たりにして――、

「うおおおおおおっ！」

民衆が熱く喚起《かんき》していた。

「この国は今をもって救済されました！　腐敗した王侯貴族達はいなくなりました！」

と、女性は高らかに宣言する。

「わあああああっ！」

民衆達は喚起する。女性の……いや、聖女の神々《こうごう》しい姿を見て、喚起する。聖女は再び錫杖を空高くに掲げていき――、

「これから先も私が貴方達の矛《ほこ》となり、杖《つえ》となり、貴方達を正しく導きます。さあ、この地に私達の国を起こしましょう！」

聖女による建国宣言が、民衆の歓声《かんせい》によってかき消されながらもなされたのだった。

あとがき

皆様、お世話になっております。北山結莉《きたやまゆうり》です。この度は『精霊幻想記 16．騎士の休日』をお手にとってくださり、誠にありがとうございます。

というわけで16巻、いかがでしたでしょうか？

本巻はリオの復讐が終わって、物語が次のステージへと移行するまでの過渡期に当たるわけですが、箸休めな話と思わせつつ、今までの区切りや今後への布石としてたくさん出来事を描いてみました。

あとがきから先にご覧になる人もいるらしくあまりネタバレになることは書けないのですが、16巻でようやく顔を合わせする者達がいたり、新たに登場する者がいたりと、書いた私自身もようやく揃ったかという感慨《かんがい》を抱いております（私の場合、イラスト周りのことはほとんど担当編集さんとＲｉｖ先生に丸投げしてしまっているのですが、例えば見開きの口絵とか、大変素晴らしくて感無量です！）。

今後は今までの巻で積み上げてきた登場人物同士の関係を発展させたり、しばらく登場しなかった者達を再登場させたり、積み重ねてきた伏線も順次回収したりして、物語をさらに面白くできたらなと思っておりますので、まずは17巻の発売も楽しみにお待ちいただけると幸甚《こうじん》です（面白くなっていくのはまだまだここからです）。

そして、17巻といえばドラマCD付き特装版の第三弾を製作していただくことが決定しました。登場人物はなんと十人を超える予定でして、過去に登場した人気キャラの面々はもちろん、新規に登場するキャラもおりますので、どなたにキャラを演じていただくのかも含め、どうぞお楽しみに（本編には全く絡みませんが、時系列的には17巻での日常での出来事を描く予定です）。

そろそろ紙面の余裕が尽きてきました。普段はあまり私の近況のことは書いていないので、たまには……。ということで、年が明けてまだ初詣にも行けていないので、本巻が発売される頃までには行けていたらいいなあと思っているのですが、差し当たっては確定申告も済ませないといけず、あたふたしております。

昨年の終わり頃から予想外に忙しくなりまして、スケジュールの調整に追われているのですが、なんとか元気に活動を続けておりますので、皆様もお体に気をつけてお過ごしくださいませ。それでは、今年の夏に、17巻でまた皆様とお会いできますよう！

二〇二〇年三月上旬　　北山結莉

過去を受け容れ、今を見つめ直し、
そして未来へと歩きだすことが出来たリオ。

そんな彼を支える少女達もまた、
自らの気持ちに向き合い、
リオとの関係を改めて模索していこうとする。

しかし、その一方で新たに台頭し、
既存の社会体勢を脅かす未曾有の第三勢力と
その指導者である黒髪の女性も現れて……

「リッカ商会の会頭、
リーゼロッテ＝クレティアですか。
彼女にも少し興味が湧きました」

少年や少女達が穏やかで優しい日々を
過ごすことを、世界は赦してくれるのか――

精霊幻想記 17.聖女の福音
ドラマCD付き特装版&通常版
2020年8月1日、発売予定

HJ文庫
873
http://www.hobbyjapan.co.jp/hjbunko/

精霊幻想記
16. 騎士の休日

2020年4月1日　初版発行
2022年2月28日　3刷発行

著者――北山結莉

発行者―松下大介
発行所―株式会社ホビージャパン

〒151-0053
東京都渋谷区代々木2－15－8
電話　03(5304)7604（編集）
　　　03(5304)9112（営業）

印刷所――大日本印刷株式会社

装丁――coil／株式会社エストール

Printed in Japan

ISBN978-4-7986-2186-9　C0193